我要快乐，
不必正常

〔英〕珍妮特·温特森 著
冯倩珠 译

北京联合出版公司

新经典文化股份有限公司
www.readinglife.com
出　品

献给我的三个母亲

康斯坦丝·温特森
露丝·伦德尔*
安·S.

*Ruth Rendell (1930—2015),温特森好友,英国作家,以写侦探小说闻名。

我的爱及感谢献给苏茜·奥巴赫

同样感谢帮我在家谱网站系统搜寻线索的侯罗·希勒。

感谢比班·基德龙的帮助电话。

感谢薇姬·利科里什和孩子们：我的家人。

感谢所有支持我的朋友。

感谢卡罗琳·米歇尔 —— 出色的经纪人和绝佳的友人。

感谢乔纳森·凯普出版社所有对本书抱以信心的人 —— 特别是雷切尔·库诺尼和丹·富兰克林。

CONTENTS ··· 目录

1	一	错误的婴儿床
15	二	给所有人的忠告：诞生
30	三	太初有道
38	四	书的麻烦……
50	五	家
74	六	教堂
97	七	阿克灵敦
115	八	天启
132	九	英国文学A至Z
152	十	就是这条路
165	十一	艺术与谎言

178 —— 中场休息

...

180 —— 十二 夜海航行

207 —— 十三 约定始于过去

241 —— 十四 奇妙相见

256 —— 十五 伤口

...

263 —— 尾声

一　错误的婴儿床

母亲对我生气时——这常常发生——她会说:"魔鬼领我们找错了婴儿床。"

一九六〇年,撒旦从冷战与麦卡锡主义中抽空造访曼彻斯特,造访目的:欺骗温特森太太,这一景象具有浮夸的戏剧性。她是一名浮夸的抑郁症患者,一个在放抹布的抽屉里藏了一把左轮手枪、把子弹装在碧丽珠①罐子里的女人。一个为避免和我父亲同床而彻夜烤蛋糕的女人。一个患有器官脱垂症、甲状腺疾病的女人,心脏肥大,腿部溃烂久治不愈,还有两副假牙——亚光的那副平日里戴,珠光的则为"重要场合"准备。

---

①美国清洁上光剂品牌。

我不知道她为何没有生或者不能生孩子。我知道她领养我是因为想要一个朋友（她没有朋友），也因为我好比一枚射入人间的信号弹——借此说明她的存在——一个标示她所在位置的记号。

她讨厌自己默默无闻。和所有孩子一样（不论是领养的还是亲生的），我必须活出些她未竟的人生。我们要为父母做这件事，我们其实没什么选择。

一九八五年我的第一本小说《橘子不是唯一的水果》①出版时，她还健在。那是本半自传体小说，讲述一个被五旬节派②父母领养的女孩的故事。父母期望女孩长大后成为传教士。然而她却爱上了一个女人。真是灾难。女孩离家，考入牛津大学，归乡后发现母亲架设了一个无线电台，正向异教徒传送福音，母亲有一个代号，叫作"慈光"。

小说是这样开头的："和大多数人一样，我跟父母生活了很久。我父亲喜欢看人格斗，我母亲喜欢与人格斗。"

人生大半的时间里，我都是个赤手空拳的斗士。出拳最狠的人方能获胜。儿时我是败将，很早便学会了绝不落

---

① 下文简称《橘子》。
② 基督新教教派的一支。

泪。如果被整夜锁在门外,我会坐在台阶上,等送奶工来,喝光两瓶一品脱的牛奶,留下空瓶来惹怒母亲,然后步行去上学。

我们总是步行。我们没有汽车,也没有坐公交车的钱。我平均每天走五英里的路:两英里往返学校,三英里往返教堂。

除周四外,我每晚要上教堂。

我在《橘子》里也写了些这样的事情,书出版后,母亲寄来一封愤慨的信,字迹工整无瑕,要求我打电话回去。

我们数年未见。我离开牛津,勉强度日,年纪轻轻就写了《橘子》。小说出版时我二十五岁。

我走进一个电话亭——我没有电话。她也走进一个电话亭——她也没有电话。

我照指示拨了阿克灵顿区号和电话号码,她接起电话。谁还需要Skype[①]?我可以透过她的声音看到她,随着她开口她的样子在我眼前渐渐成形。

她是个高大的女人,身材较高,体重约二十英石[②]。弹

[①] 著名网络通信软件。
[②] 英制重量单位,1 英石 ≈6.35 千克。

力长筒袜，平底凉鞋，一身克林普纶材质①的连衣裙，一条尼龙头巾。她可能脸上搽了粉（保持良好仪容），但没有涂口红（草草了事）。

眼前的她挤在电话亭里，不成比例的庞大，大于现实中的她。她就如同一个童话故事，一切尺寸都随意且不稳定。她赫然现形。她膨胀延展。直到后来，很久以后，太久以后，我才了解，完全属于她自己的部分是多么微小。那个无人抱起的婴儿。那个依然在她身体里面未曾被怀胎的孩子。

不过那一天她以震怒的肩膀撑住了气势。她说："这是我头一次不得不用假名字订购一本书。"

我试图解释我想做的事。我是个胸怀抱负的作家，我认为无论是什么身份，倘若没有抱负，做任何事都毫无意义。一九八五年并非回忆录的背景，更何况，我也不是在写回忆录。我试图摆脱这样的成见：女性多半书写"经验"，这就是她们所知的范围，而男性则宽泛大胆地展开创作，他们用大张画布，进行形式革新实验。简·奥斯汀说自己在四寸象牙上写作，书写观察到的细微琐事，亨利·詹姆斯误解了这一说法。人们对艾米莉·狄金森和弗吉尼亚·伍尔夫也有大致

---

① 一种类似涤纶的合成材料。

相同的评说。这些话令我气愤。不管怎么说，经验与实验难道不能兼而有之？观察与想象不能兼具吗？女性为何要受限于任何事任何人？女性为何不能对文学有抱负、对自己有抱负？

温特森太太不认同这些。她相当清楚作家是一群耽于性事的波希米亚人，无规无矩，不事生产。在我们家书籍是被禁的——这我往后再解释——而我写了一本书，出版了，得了奖……此刻，我正站在电话亭里对她大谈文学、辩说女性主义……

话筒传来嘟嘟声，投入硬币，她的声音如海水般涨退，我心想："你为什么不为我感到骄傲？"

话筒传来嘟嘟声，投入硬币，我再一次被锁在门外，坐在台阶上。天寒地冻，我屁股底下垫了一张报纸，身子蜷缩在粗呢大衣里。

有个女人经过，我认识她。她给了我一袋炸薯条。她知道我母亲是个怎样的人。

我们家的灯亮着。爸爸在值夜班，她可以上床去睡，但她不会睡觉。她整夜读圣经，爸爸回来时会让我进去，他什么也不说，她也是，我们表现得好像把孩子整夜关在门外很正常，从不和丈夫同床也很正常。有两副假牙、在放抹布的抽屉里藏一把左轮手枪都很正常……

我们仍在电话亭里通话。她告诉我，我的成功来自魔鬼——错误婴儿床的看守者。她叫我面对事实，我在小说里用了自己的名字，而如果那是虚构的故事，为什么主人公叫作"珍妮特"？

为什么？

我从来都将自己的故事设定得与她的故事对立。这是我自最初活下来的方式。领养的孩子自我创造，因为我们必须这么做；在我们生命的最初有缺漏，有空白，有疑问。我们的故事中至关重要的段落猛地消散了，像是往子宫里扔了一枚炸弹。

婴儿迸落到一个未知的世界，只能通过某种故事来了解的世界。当然，我们所有人都如此生活，这是我们生命的叙事，然而领养是在叙事开始之后才将你丢进故事里。像读一本缺了头几页的书。像幕启后才进场。那种缺了什么的感觉从不曾、也永远不会消失——不可能，也不应该消失，因为确实有东西缺少了。

这件事的本质并不负面。缺少的部分、缺少的过往可以是一个开头,而非空白。它可以是入口,也可以是出口。它是化石记录,是另一段人生的印痕。虽然你永远无法拥有那段人生,你的手指描画着它原本可能占据的空格,手指便学会了一种盲文。

这里有记号,如疤痕般凸起。阅读它们。阅读伤痛。改写它们。改写伤痛。

这就是为什么我是一个作家——我不说"决定"当作家或"成为"作家。这并不是出于意志,甚至不是有意识的选择。为了逃避温特森太太网目细密的故事,我必须有能力讲自己的故事。虚虚实实就是人生。而且它常常是个掩饰故事。我在写作中找到出路。

她说:"可是那不真实……"

真相?这个女人曾经把厨房里老鼠飞窜解释成降神显灵。

兰开夏郡的阿克灵顿有一座连栋房屋,我们称那种房子"两上两下":楼上楼下各两个房间。我们三个人在那座房子里一起住了十六年。我讲述我的版本——忠实又虚构,准确而误记,时间被打乱了。像所有海难故事一样,我把自己讲成主人公。那是一场海难,我被遗弃在人类的海岸,发现这里并不完全通人情,也少有善意。

关于《橘子》这个改编版本,我认为对我而言最悲哀的是,我写了一个自己可以承受的故事。另一个故事太痛苦。我无法从中幸存。

常有人用几乎是正误判断题的方式问我,《橘子》里什么是"真实"的,什么不是"真实"的。我在殡仪馆工作过吗?我开过冰激凌车吗?我们有福音营吗?温特森太太架设了她自己的民用波段电台吗?她真的用弹弓射猫吗?

我无法回答这些问题。我只能说,《橘子》里有个人物叫"证人艾尔西",她照顾小珍妮特,扮演了抵御母亲猛烈伤害的一面软墙。

写她进去是因为我无法忍受将她排除。写她进去因为我真的希望事实如此。如果你是个孤独的孩子,你会找一个想象出来的朋友。

根本没有艾尔西。根本没有像艾尔西那样的人。实情比故事里写的寂寞得多。

学生时代课间休息时,我大多坐在校门外的栏杆上度过。我不是受人欢迎或讨人喜爱的孩子;太暴躁,太愤怒,太认真,太古怪。常上教堂令我不容易在学校交到朋友,而学校环境总会让不合群的人很显眼。我的运动袋上绣着字"夏季已完，我们还未得救①"，这也使我引人注目。

即使交到了朋友，我也一定会让友谊破灭……

如果有人喜欢我，我会等她卸下防备，再告诉她我不想再当她的朋友了。我旁观对方的困惑与难过。以及眼泪。然后我跑开，为一切尽在掌控而扬扬自得，很快，这得意与掌控感都渐渐消失，接着我就不停地大哭，因为我再一次让自己置身门外，再次坐在台阶上，那个我不想待的地方。

领养就是身在门外。你会表现出无所归属的感受。你的表现是试图把自己的遭遇同样施加在别人身上。你无法相信会有任何人爱原本的你。

我从不相信我的父母爱我。我设法爱他们，但徒劳无功。我花了很长时间去学会如何爱——付出爱与接受爱。我着了魔似的、巨细靡遗地书写爱，无论过去还是现在，我都认为它是最高的价值。当然我早年爱上帝，上帝也爱我。那算是爱。我也爱动物和自然。还有诗。人才是问题。你如何爱另一个人？你如何相信另一个人爱你？

我不知道。

---

① 典出《耶利米书》8:20。

我以为爱是失去。

为什么要用失去衡量爱？

这是我一九九二年的小说《写在身体上》的开场白。我跟踪爱，诱捕爱，失去爱，渴望爱……

真相对任何人而言都是件复杂之事。对一个作家来说，略去的东西与写出来的东西表达了同样多的内容。在文字的页边空白以外有着什么？摄影家框起照片，作家框起他们的世界。

温特森太太不喜欢我写进书里的那些事，在我看来，我略去的事是那个故事沉默的双胞胎。有许多事我们无法说出口，因为它们太过痛苦。我们希望能说出口的事情会抚慰余下未说的事，或以某种方式平息它。故事是弥补。世界不公平，不公正，不可知，不受控制。

讲故事时，我们在施行控制，但这种方法会留下一道空隙、一个缺口。它是一种版本，但绝非最终版本。或许我们希望那些沉默会被某个人听见，然后这个故事就可以继续，可以被重述。

写作时我们展示故事，同样传达沉默。文字是沉默中能说出来的部分。

温特森太太宁愿我保持沉默。

还记得菲洛墨拉①的故事吗?她遭人强暴,又被施暴者割掉舌头,叫她永远无法诉说。

我相信虚构作品以及故事的力量,因为通过它们我们开口说话。我们没有失声。我们所有人都是,在深受创伤时,会发现自己迟疑了,结巴了;在我们的言语中有长长的停顿。想说的话哽住了。我们从他人的语言中找回自己的语言。我们可以求助于诗。我们可以翻开书本。有人在那里等我们,深潜于文字中。

我需要文字,因为不幸的家庭是沉默的同谋。打破沉默的那个人永远不被宽恕。他或她不得不学着宽恕自己。

上帝是宽恕——至少那个故事是这么说的,然而在我们家上帝是《旧约》里的上帝,不做出重大牺牲就得不到宽恕。温特森太太不快乐,我们就得跟着她不快乐。她在等待《启示录》里的世界末日。

---

① 希腊神话中雅典国王潘狄翁之女,被姐夫忒柔斯强暴,后与姐姐普洛克涅逃亡时,她化作燕子,而姐姐化作夜莺,也有其他版本是她化作夜莺,而姐姐化作燕子。

她最喜欢的歌是《上帝涂抹你的过犯》，歌的本意是涂抹罪恶，实际上她想的却是任何曾惹恼她的人，即每一个人。她就是不喜欢任何人，她就是不喜欢人生。人生是一副背到坟墓才能丢弃的重担。人生是泪之谷①。人生是死亡预备期。

每天温特森太太都会祷告："主啊，让我死吧。"这让我和爸爸很不好受。

她自己的母亲是一位有教养的女士，嫁给一个花花公子后，把钱都给了他，眼睁睁地看着他玩女人将一切挥霍殆尽。有一阵子，大概从我三岁到五岁那段时间，我们不得已搬去和我外公住，好让温特森太太看顾她罹患喉癌、时日无多的母亲。

温太太是非常虔诚的教徒，却又相信有亡灵，也因此外公的女友让她很生气，那个女人非但是个染一头金发、上了年纪的酒吧女侍应，还是个灵媒，她在我们家前厅办降神会。

几次降神会后，我母亲抱怨屋子里满是从战场回来的穿军装的男人。我走进厨房拿咸牛肉三明治，她要我等亡灵走了之后再吃。这可能得等上好几个小时，对四岁的孩子来说太难熬了。

---

① 基督教教义中的说法。譬喻人间和人生充满痛苦和眼泪，唯有离开人间进入天堂才能摆脱。

我只好到街上晃来晃去讨东西吃。温特森太太跟在我后面，那是我第一次听到魔鬼与婴儿床的黑暗故事……

躺在我隔壁婴儿床里的，是一个名叫保罗的小男孩。他是我幽灵般如影随形的兄弟，因为我不听话的时候，圣洁的保罗总会被召唤来。保罗绝不会把他的新玩偶丢进池塘（我们根本没讨论这离奇的可能性问题，那就是首先有谁给了保罗一个玩偶）。保罗不会往小狗睡衣袋里塞满西红柿，然后通过挤压动作进行一场"血淋淋"的胃部手术。保罗不会把外公的防毒面具藏起来（不知何故，外公还留着战时的防毒面具，我很喜欢那个面具）。保罗不会戴着外公的防毒面具，到一个欢乐的生日聚会去当不速之客。

假如他们领走的是保罗而不是我，一切会变得不同，变得更好。我本该是来与她做伴的……就像她陪伴她的母亲那样。

后来她母亲过世了，她将自己封闭在悲痛中。我把自己封闭在食物储藏室里，因为我已经学会怎么使用那把开咸牛肉罐头的小钥匙了。

我有一段记忆——真实的还是不真实的呢？

那段记忆被玫瑰环绕，这很奇怪，因为那是一段狂暴而痛苦的回忆,不过我外公热衷园艺,特别爱种玫瑰。我喜欢看他身穿针织背心,挽起衬衫袖子,用一只擦得光亮的压力喷嘴铜水壶给花朵洒水。他以一种古怪的方式喜欢我,他不喜欢我母亲,我母亲则恨他——不是愤怒的那种恨,而是阴晦的屈从的怨恨。

我穿着最爱的一身衣服:一套牛仔装和一顶流苏帽。我小小的身体佩着玩具左轮手枪左摇右晃。

有个女人走进花园,外公叫我进屋去找我母亲,她和平常一样,正在做一堆三明治。

我跑了进去,温特森太太脱下围裙去应门。

我从过道这一头偷看。两个女人争执起来,吵得很激烈,可我听不懂,她们之间有一种猛烈可怖的感觉,像是本能的恐惧。温特森太太砰地关上门,倚门站了片刻。我从偷看的地方溜了出来。她转过身。穿着牛仔装的我就在她眼前。

"那是我妈妈吗?"

温特森太太打了我,那一下击垮了我。然后她跑上楼去。

我出门走进花园。外公正在为玫瑰洒水。他没理我。那里根本没有人。

二　给所有人的忠告：诞生

我一九五九年生于曼彻斯特。那是个适合诞生的好地方。曼彻斯特位于北英格兰南部。

它的精神包含一种对立——南北联合——既天然淳朴、不具都市气派，同时又左右逢源、老于世故。

曼彻斯特是世界上第一个工业城市；这里的织布机和纱厂改造了它，也改变了英国的时运。曼彻斯特有运河，自由通向重要的利物浦港，也有铁路，载着思想者与行动者往来伦敦。它的影响遍及全世界。

曼彻斯特全然是混合体。它是激进的——马克思与恩格斯曾在这里。它是专制的——曾出现彼得卢屠杀与《谷物法》。曼彻斯特织出了超越任何人大胆梦想的财富，又将绝望与堕落编入人性。它是功利主义的，因为一切都要经受"这有用吗"的检验。它是乌托邦式的——这里有贵格会、女性主义、废奴运动、社会主义、共产主义。

曼彻斯特的炼金术与其地理结合，密不可分。它是什么样子，这里就是什么样的地方……罗马人公元七十九年在这里筑起堡垒，而很久之前凯尔特人已在此地敬拜梅德洛克河女神。这里曾名为"Mam-ceaster"——"Mam"的意思是母亲，是乳房、生命力……活力。

曼彻斯特南部毗邻柴郡平原。柴郡是不列颠群岛迄今发现最早有人类居住的地方之一。这里有村落，奇怪的是宽广深邃的默西河上还有航道，直通后来成为利物浦的区域。

曼彻斯特的北面与东面是奔宁山脉——低矮起伏的荒凉山脉贯穿英格兰北部，早期山上居民零星，在此离群索居的男男女女，通常过着漂泊的生活。平坦的柴郡平原文明安定，而地势起伏、杂草丛生的兰开夏郡的奔宁山脉则是忧思之地、逃离之地。

在郡界变更之前，曼彻斯特部分地处兰开夏郡，部分地处柴郡——这使它成为一座植根于无尽活力与种种矛盾的双重城市。

十九世纪初，纺织业的繁荣将周边村庄及卫星聚落吸入一台巨大的赚钱机器。第一次世界大战前,全世界百分之六十五的棉花都在曼彻斯特加工。它别称"棉都"。

想象一下吧——一座座用煤气灯照明的大型蒸汽动力工厂,草草建于其中的一间间共用后墙的廉价公寓。污物、烟雾、染料及氨气的恶臭、硫黄和煤炭。钞票,夜以继日无休无止的活动,织布机、火车、电车、石板路上的运货马车以及人们操劳攒动的生活所发出的震耳欲聋的噪音,尼福尔海姆①般的地狱,劳力与决心的胜利之作。

每个到访曼彻斯特的人都赞赏它,却又感到惊骇。查尔斯·狄更斯以它为背景展开了小说《艰难时世》;最好的时代和最坏的时代都在这里——有机器造就的一切,也有人们付出的沉重代价。

男男女女衣衫褴褛,精疲力竭,酒醉病弱,一周工作六天,每天轮班十二小时,耳朵变聋,肺部阻塞,不见天日,他们让自己的孩子爬到骇人的、喀喀运转的织布机底下,捡绒毛,扫地,因此而断了手、缺了胳膊、少了腿的,都是些幼小、孱弱的孩子,没受过教育且常常是没人要的,女人和男人一样卖力干活,她们同样负担着家计。

---

①北欧神话中永远寒冷、黑暗和多雾的冥界。

> 一大群妇女和孩子到处走来走去，穿得破破烂烂，就像在垃圾堆和烂泥坑里打滚的猪一样肮脏……没有铺砌，也没有污水沟。到处都是死水洼……成打的工厂烟囱冒着黑烟……难以想象的肮脏和恶臭。
> ——恩格斯《英国工人阶级状况》，一八四四年

在曼彻斯特，没什么能瞒天过海，无法控制的崭新现实所带来的成功与羞耻俯拾即是，曼彻斯特生活的粗犷将这座城市抛入一种激进主义，从长远来看，其影响比棉花贸易更为深远。

曼彻斯特是主动的。潘克赫斯特家族受够了光说空话却没有选票，一九〇三年积极地成立了妇女社会政治联盟。

英国工会第一次会议于一八六八年在曼彻斯特举行。会议的目标是改变，而非谈论改变。

二十年前的一八四八年，卡尔·马克思发表了《共产党宣言》，其中许多内容是他在曼彻斯特居住期间与友人弗里德里希·恩格斯共同撰写的。他们两人停留在这个无暇思考、狂热实践的城市时，也由理论家转变为活动家——马克思希望把这种势不可当的凶猛行动力变成有益之物……

恩格斯在曼彻斯特期间为他父亲的公司工作,这让他接触到了工人阶级生活的残酷现实。《英国工人阶级状况》在今日依旧值得一读,读来令人又恐惧又难过,书中描述了工业革命对普通人的影响——当人们"把彼此仅仅看作有用的东西[①]"时会是怎样一幅景象。

无论全球化专家们有怎样的说辞,你诞生何处——出身、地点、当地历史以及它如何与你的个人历史交融——标记了你是谁。我的生母是工厂机械工。我的养父曾做过道路修理工,后来在发电厂轮班铲煤。他每次连续工作十小时,精力允许的时候还加班,为了省公交车钱骑自行车上下班,单程六英里,赚的钱最多只够每个礼拜买两次肉,每年一周的海边度假已经是最具异国风情的旅行。

比起我们认识的其他所有人,他没有比较富裕,也没有比较穷。我们是工人阶级。我们是工厂门前的平民大众。

我不想成为工人阶级拥挤民众的一员。我想要工作,但不是像他那样。我不想消失。我不想除了在海边的一周之外,由生至死都待在同一个地方。我梦想逃离——而工业化的可

[①] 引自《英国工人阶级状况》。

怕之处在于它使逃离成为必需。在一个生产平民大众的体系中，个人主义是唯一出路。但如此一来，社群以及社会将发生些什么呢？

玛格丽特·撒切尔首相本着友人罗纳德·里根的精神，认可二十世纪八十年代"唯我"的这十年①，如她所说："根本就没有社会这种东西……"

但我小时候不关心这些——也不理解。

我只是想走出去。

他们告诉我，我的生母是兰开夏郡动力织布机边的一个红发小丫头，十七岁生下我，像猫生小猫一样随便。

她来自布莱克利村，维多利亚女王的婚纱就是在那里制成，不过在我母亲和我出生的时候，布莱克利已经不是村庄了。乡村被迫变为城市——这是工业化的故事，故事里有绝望，有兴奋，有残酷，有诗意，所有这些也都印在我身上。

我出生时织布机已经不在了，长长的一排排低矮连栋屋还

---

① 出自美国作家汤姆·沃尔夫 1976 年为《纽约》杂志所写的封面故事《"唯我"的十年与第三次大觉醒运动》，意指 20 世纪 70 年代美国人倾向追求原子式的个人主义，而逐渐远离社群主义。

在，有些是石砌的，有些是砖盖的，石板瓦的屋顶缓缓倾斜。用石板瓦铺的屋顶坡度可以小于三十三度——用石瓦的话，坡度必须达到四十五度甚至五十四度。一个地方的样貌与就地可取的材料息息相关。较陡的石瓦屋顶能引导雨水缓慢流动，因为要流经石头的凹凸纹理。石板平坦，水流较快，如果石板屋顶过陡，水就会漫过檐沟飞流直下。坡度放缓了水流速度。

北部工业化的典型屋顶景色：单调、灰暗、难看，但简明实用而高效，和这些房屋内兴起的工业一样。你与之和平共处，努力工作，不追求美感或梦想。房屋并非为景观好看而建。厚重的石板路，窄小简陋的房间，阴暗的后院。

如果真的爬上屋顶，映入眼帘的只有一丛丛粗短的共用烟囱，正将煤烟吐向遮蔽天空的阴霾中。

然而……

兰开夏郡的奔宁山脉是梦想之地。山势低缓浑圆，壮硕，坚实，山脊永远清晰可见，仿佛一个粗壮的守卫，无力保护心爱之物，却义无反顾地留守，俯身围裹人类制造的丑陋。遍体鳞伤仍守在原地。

从曼彻斯特沿着 M62 公路驶向我成长的阿克灵顿，就会看见奔宁山脉，你会惊异于群山兀然出现而沉静无声。这是一片寡言的风光，不苟言笑，不屈不挠。这不是恬适之美。

但它很美。

我在六周到六个月大之间的某天，被人从曼彻斯特接走，带往阿克灵顿。我和那个生我的女人之间，一切都结束了。

她走了。我也走了。

我被领养了。

一九六〇年一月二十一日那天，工人约翰·威廉·温特森和办事员康斯坦丝·温特森得到了他们以为自己想要的那个婴儿，把她带回兰开夏郡阿克灵顿沃特街二百号的家中。

一九四七年，他们用两百镑买下了这栋房子。

一九四七年，二十世纪英国最冷的一个冬天，积雪高过立式钢琴顶端，他们将钢琴推进了家门。

一九四七年，大战结束，我爸爸退役，竭尽所能赚钱过活，他的妻子把婚戒扔进阴沟，拒绝一切性关系。

我不知道，也永远不会知道她是不是没法怀孩子，或者只是不愿经受那些必须经历的事。

我知道他们在皈依耶稣之前，都喝点儿小酒，也抽烟。我认为母亲那时候并不抑郁。在那次帐篷布道会之后，他们成为五旬节福音派基督徒，都戒了酒，只在过新年时喝点樱桃白兰地，而我爸爸的忍冬牌香烟换成了宝路薄荷糖。母亲没有戒烟，她说抽烟能帮她控制体重。不过抽烟这件事必须保密，于是她放一罐空气清新剂在手提包里，还声称那是灭蝇喷雾。

似乎没人觉得手提包里放灭蝇喷雾有什么不寻常。

她深信上帝会为她找到一个孩子，我猜既然上帝真的会赐她这个婴儿，性行为就可以从待办事项里划掉了。我不知道爸爸对此有何感受。温特森太太总是说："他跟别的男人不一样……"

每周五爸爸把工资袋交给她，她还他够买三包宝路薄荷糖的零钱。

她说："这是他唯一的乐趣……"

可怜的爸爸。

他七十二岁时再婚，新任妻子莉莲小他十岁，爱寻欢作乐。她告诉我，她就像是跟一根烧红的拨火棍睡觉。

到两岁时，我已经会尖叫了。显而易见，这证明我被魔鬼附身了。儿童心理学尚未传播到阿克灵顿，固然已有温尼科特、鲍尔比与巴林特的重要工作，讨论依恋心理以及早期离开母亲这个爱的客体而造成的创伤，在当时，人们仍认为尖叫的婴儿不是心碎的而是魔鬼附身的小孩。

这给了我所有的弱点,也给了我一种奇怪的力量。我觉得新父母害怕我。

婴儿是可怕的——稚嫩的暴君,他们仅有的领土是自己的身体。我的新母亲在身体方面有很多问题——她自己的身体,我爸的身体,他们两人互相接触的身体,还有我的身体。她把自己的身体捂在肌肤和衣服里,用尼古丁与耶稣的可怕混合物来压抑身体的欲望,服用会使她呕吐的泻药,把身体交给负责灌肠与骨盆环治疗的医生,克制身体对平常触碰和抚慰的渴望,而突然间,并非出自她自己的身体,毫无准备之中,她就有了这么一个东西,一副完全的身体。

一个打嗝、喷口水、摊手摊脚乱大便的东西,用它粗野的生命轰炸屋子。

我来的时候,她三十七岁,爸爸四十岁。如今这相当正常,但在二十世纪六十年代不正常,那时人们二十几岁就早早结婚成家。她和我父亲已经结婚十五年了。

他们的婚姻很传统,父亲从不做饭,我来了以后,母亲从没出门工作过。这对她极为有害,把她内向的天性转变为闭塞的抑郁。我们为许多事情吵过许多架,但我们之间的战斗其实是快乐与不快乐的战斗。

我常常满腔怒火,常常绝望。我一直是寂寞的。尽管如此,我过去和现在都热爱生活。我心情不好时就走进奔宁山脉游荡,一整天靠一块果酱三明治和一瓶牛奶果腹。被锁在门外或另一个常被关的地方——煤库时,我就编故事,以便忘却寒冷和黑暗。我明白这些都只是生存的方法,但或许拒绝屈服,任何形式的拒绝,都能让足够的光与空气透进来,使我继续相信这个世界——逃离的梦想。

我最近找到自己写的一些字,是常见的青春期那种带点诗意的糟粕,但有一句话我后来无意识地用在《橘子》里了——"我想要的都切实存在,只要我敢去寻找……"

是的,这是年轻人的煽情夸张,但这种态度似乎起了保护作用。

我最喜欢讲深埋的宝藏、迷路的小孩和被禁锢的公主的那些故事。寻获宝藏、小孩回家、公主解放,让我看到了希望。

圣经也告诉我,即使世上没人爱我,天上的神爱我,如同我是独一重要的。

我相信这教诲。它帮助了我。

我母亲温特森太太不热爱生活。她不信有任何事会使生活变得更好。她曾对我说,宇宙是一个浩瀚的垃圾桶——我想了一会儿之后，问她桶盖是关着还是开着。

"关着的，"她说，"没人逃得了。"

逃脱的唯一出口是哈米吉多顿——最后的善恶大决战，天地被卷在一起仿若一个卷轴，得救的人能永远与耶稣同在。

她还有一个"战备橱柜"。每周她会放一个罐头进去——有些罐头从一九四七年起就一直丢在里面——我猜大决战开始时，我们要在楼梯底下放鞋油的地方度日，靠这堆罐头活命。有成功打开咸牛肉罐头的经验在先，我没理由再担忧。我们会吃着口粮，等待耶稣。

我想知道耶稣是否会亲自来解救我们，但温特森太太认为不会。"他会派遣一位天使。"

如此一来，楼梯底下就会有一位天使。

我想知道他的翅膀该塞在哪儿，温特森太太说，天使其实不会到楼梯底下和我们待在一起——只会打开门告诉我们，是时候出来了。天上的住处已为我们预备。

她满脑子想的都是这些对于后天启未来的细密阐释。有时候她看起来挺快乐，还弹弹钢琴，但愁苦总是近在咫尺，别的念头会为她的心灵投下阴影，使得她冷不防就停下来，合上琴盖，到后巷的晾衣绳下踱来踱去，来来回回，若有所失。

她的确丢失了东西。还是件重要的东西。她已经或正在丢失生活。

已经失去和正在失去的，我们不相上下。我已失去第一个所爱之人那温暖安全的住所，无论那里多么混沌。我已失去我的姓名与身份。领养的孩子被人驱逐。我母亲感觉生活的全部就是一场浩荡的驱逐。我们都想回"家"。

不过，我为天启感到兴奋，因为温特森太太将之描绘得激动人心，只是我暗暗希望生活能继续，让我得以长大，对它多了解一些。

被关进煤库的一个好处是能促进反思。

这句话本身读来荒谬。然而当我尝试理解生活如何运转以及为何有些人更善于应付逆境时，我便回归对生活的某种肯定，那就是：无论多么贫乏，仍要爱生活，无论怎样寻找爱，也要爱自己。不是以自我为中心的方式，那将会与生活和爱背道而驰，而是以鲑鱼一般的决心逆流而上，无论水流多么汹涌，因为这是你的河流……

这把我带回"快乐(happiness)"，来简单地看一看这个词。

我们如今对它基本的定义是愉悦满足之感；是一股兴致，一种兴味，肚皮朝天感觉美好、正确、放松、活跃……你们都知道的……

而其较早的含义基于词根"hap"——中古英语是"happ",古英语是"gehapp"——意指降临在你身上的机会或运气,或好或坏。"运气"是生活中你所得那份,是你拿到的一手牌。

你如何应对"运气"将决定你能否"快乐"。

美国人在他们的宪法中所称的"追求快乐的权利"(请注意,不是"快乐的权利"),就是像鲑鱼那样逆流而上的权利。

追求快乐——我以前这么做,如今依旧——与感到快乐完全不同,我认为快乐的感觉转瞬即逝,依赖情境,还有点迟缓。

如果日头明媚,正站在阳光下——是的,没错,就是这种感觉。快乐的时光很美妙,但快乐的时光会过去——必然如此——因为时间在流逝。

追求快乐更加难以捉摸;它是毕生的追求,而不是指向某个明确的目标。

你追求的是意义,有意义的一生。生命里有"运气"——命运、你抽中的签,它并非一成不变,但改变河流路径或重新发牌——不管用什么比喻——会耗费大量精力。有时候事情会非常不如意,使你奄奄一息;有时候你了解到,照自己的意愿一息尚存,也好过听从别人的安排,虚张声势地过着浅薄生活。

追求并非尽得或尽失——它尽得也尽失。一如所有追寻的故事。

我出生后就成了折起的地图上可见的一角。

这张地图不止一条路径，不止一个目的地。这张地图是展开的自我，并不明确通往任何地方。那个标记"现在位置"的箭头是你的第一个坐标。人在幼年时有许多无力改变的事。但你可以打点行囊，准备上路……

三　太初有道

我母亲用《申命记》做教材,里面全是动物(大多数都是不洁的)。每当我们读到"凡蹄分两瓣、倒嚼的走兽,你们都可以吃"的这段,她会把所有提到的动物画出来。小马、小兔子和小鸭子是传说中面目模糊的角色,相反,我很了解鹈鹕、岩獾、树懒和蝙蝠……我母亲画过飞虫和飞鸟,但我最喜欢的是海底的那些软体动物。我在布莱克浦的海滩捡了好多带回家收藏。她用一支蓝色钢笔画海浪,用棕色墨水画硬壳的螃蟹。红色圆珠笔是画龙虾的……《申命记》也有不好的地方,里面尽是"可憎的"和"不可说的"。每当我们读到私生子、阉割这类字眼时,我母亲就把那一页翻过去,说"把那个留给上帝吧",但等她走了,我会翻回去偷偷瞄一眼。

我很庆幸自己没有睾丸。睾丸读起来很像肠子,只不过长在身体外边,圣经里的男人总会把它们割掉,然后就再也去不成教堂了。真吓人。

——《橘子不是唯一的水果》①

我母亲主宰语言。我父亲从未真正学过阅读——他能够手指着一行行字慢慢地读,但他十二岁就辍学去利物浦的码头工作了。在他十二岁之前,没有一个人愿意费心读书给他听。他的父亲是个酒鬼,经常带着小儿子上酒吧,把他留在门外,几小时后蹒跚着走出来,径自回家,忘记我爸爸还睡在门口。

爸爸很喜欢温特森太太朗读——我也是。她总是站着读,我们两个则坐着听,气氛既温馨又威严。

她每晚读半小时圣经,从头开始,一路读完全部六十六卷《旧约》和《新约》。读到她最爱的部分——《启示录》,《新约》末卷,人们被毁灭,魔鬼被扔在无底坑里——她就暂停一星期,让我们思考。然后她再从头读起,《创世记》第一章。"起初神创造天地……"

---

①引自于是译本《橘子不是唯一的水果》。

在我看来，造出一整颗星球、天地万物，再将它摧毁，实在颇费功夫，这也是对基督教刻板说法的问题之一；明知一切终将破碎，为何还要看顾这星球？

母亲朗读得很好，充满自信，抑扬顿挫。她读起来就好像圣经才刚刚写就——或许对她而言正是这样。我早早便感觉到，经文的力量不受时间限制。言语持续做着工。

英格兰北部的工人阶级家庭在教会及家中经常听的是一六一一年出版的钦定版圣经，而我们日常对话里仍会用"thee""thou""tha"这样的古字，圣经的语言听来也就不算太难。我尤其喜欢"the quick and the dead（活人死人）[①]"的讲法——如果你住的房子里有老鼠和捕鼠器，你就真的能感受到"活"与"死"的差异。

二十世纪六十年代，许多男人——是男人，不是女人——在工人学院或技工学院上夜校，这源于曼彻斯特的又一项进步举措。自我"改良"在当时未被视为精英主义，人们不认为一切价值都是相对的，也不承认所有文化多少有相同之处——不论是汉默恐怖片[②]还是莎士比亚。

那些夜校爱讲莎士比亚，从没有学生抱怨莎翁的语言太

[①] 典出《彼得前书》4:5。
[②] 指英国电影史上一家成功的电影公司汉默电影公司拍摄的恐怖电影。

难。为什么呢？它不难，它就是钦定版圣经的语言；钦定版圣经出版同年，《暴风雨》首度公演。莎士比亚在那一年还写了《冬天的故事》。

这是一种有益的延续性，受过良好教育的那些人出于善意，在圣经的现代译本中去除古语，破坏了这种延续，他们未曾考虑过，这对于更广泛的文化将造成何种后果。后果就是未受过良好教育的男女，像我父亲那样的人，以及和我一样就读于普通学校的孩子，没法再与这历时四百年的英语保持简单的日常联系。

我认识的许多父辈长者会引用莎士比亚和圣经，有时还引用约翰·邓恩等玄学派诗人的句子，或不知出处，或误引混用。

我母亲生来钟爱末日预言，听到任何灾祸或好运的消息，她都喜欢用这句话回应："别问丧钟为谁而鸣……"说的时候搭配一种阴森的语调。因为福音派教会没有钟，我甚至从来都不晓得这句话与死亡有关，当然直到我上了牛津大学，终于发现这是误引了约翰·邓恩的一篇文章①，开头为"没有人是与世隔绝的孤岛……"，结尾为"别去打听丧钟为谁而鸣……"。

有一次，爸爸赢了工厂抽彩。他得意扬扬地回到家中。

---

① 指《紧急时刻的祷告》（*Devotions upon Emergent Occasions*）第十七篇。

我母亲问他奖品是什么。

"五十镑,还有两盒车轮夹心饼。"(这是一种又大又丑的巧克力味饼干,包装纸上印着马车和牛仔。)

母亲没有答话,爸爸尽力接着说:"很棒啊,康妮①,你开心吗?"

她说:"别问丧钟为谁而鸣……"

所以我们没有问。

她还有其他爱引用的句子。有一次,我们的煤气灶爆炸了。修理工走出厨房,说里头情况不妙,这在意料之中,灶台和墙壁全都一片漆黑。温特森太太答道:"那是对上天的罪戾,对死者的罪戾,也是违反人情的罪戾。"对一个煤气灶而言,这负担太过沉重。

她喜欢这条警句,在我身上用了不止一次;有人好心地问我近来好吗,温太太垂下目光,叹口气说:"她是对上天的罪戾,对死者的罪戾,也是违反人情的罪戾。"

这对我的打击比对煤气灶更严重。我特别担心"死者"的部分,想知道我这样冒犯了哪一位不幸的已故亲戚。

后来,我在《哈姆雷特》里找到了这句话。

---

① "康斯坦丝"的爱称。

她和同侪形容什么东西相形见绌时,常用的句子是"就像野苹果跟家苹果一样相像"。

这是《李尔王》中弄人的台词。不过她们说起来有一种北部的语气,我想多少是因为工人阶级的传统是口语传统,并不拘泥于书本,但其语言的丰富性来自对学校所教名著的吸收——都是死记硬背——而后创造性地运用语言,讲述精彩的故事。回想起来,我意识到我们的词汇量不小,而且我们喜爱意象。

八十年代以前,视觉文化、电视文化、大众文化还没有在北部产生多大影响——那里仍为浓厚的本土文化及强势的方言所占据。我一九七九年离开,当时的北部与一九五九年时并无太多差异。到了一九九〇年,我们回去为英国广播公司拍摄《橘子》的电视剧时,那儿已经完全不同了。

对我认识的人来说,书籍很少见,而故事随处可见,最重要的是如何讲故事。连公交车上的短暂交谈都得有一段叙事。

"他们没钱,所以在莫克姆度蜜月。"

"真可惜——在莫克姆游完泳就没啥事儿可干了。"

"我为他俩遗憾。"

"可不,也幸好只是一个礼拜的蜜月。我认识一个女人,结婚后一辈子都待在莫克姆呢。"

别问丧钟为谁而鸣……

我母亲常讲故事——讲他们战时的生活,她如何在防空洞里拉手风琴,琴声还赶走了老鼠。显然老鼠喜欢小提琴和钢琴,受不了手风琴……

讲她缝制降落伞的生活——女孩们都偷丝绸去做衣服。

讲她将来的生活,她会有一个大宅子,没有邻居。她一直以来只想要所有人都走开。而我真这么做的时候,她从未原谅我。

她偏爱神迹故事,或许因为她的生活距离神迹就如木星距离地球般遥远。她相信神迹,纵然她从未遇上过——说来,可能有一次,那就是我,她不知道神迹常常带着伪装到来。

我是神迹,因为我本可以带她离开她的生活,投身她会乐在其中的生活。这从未发生,但并不意味着从没可能发生。这一切于我是残酷的教训,教我不可忽视或误解实际存在、目前正在你手中的东西。我们总是以为,彻底改变之必需——神迹——在别处,但它往往就在我们身边。有时候它就是我们,是我们自己。

她所钟爱的神迹故事是圣经故事,譬如"五饼二鱼",

这或许是因为我们家的食物从来都不够吃,她还爱讲耶稣在世上的第一线故事。

我特别喜欢"哈里路亚巨人"——他原有八英尺高,经由信徒们的祷告,缩至正常人的六英尺三英寸身高。

还有些故事讲几袋煤炭不知从何处冒出来,以及在你急需时,钱包里多出来一镑钱。

她不喜欢死而复生的故事。她总说,要是她死了,不许我们祈祷她复生。

她把自己的棺材本缝进窗帘,至少在我偷走以前藏在那儿。我拆开褶边时,只见她亲笔留的字条——她很骄傲自己那一手好字——上面写着:"杰克和珍妮特,别哭。你们知道我在哪里。"

我哭了。为什么要用失去衡量爱?

四　书的麻烦……

我们家有六本书。

一本圣经，两本圣经注释。我母亲有写宣传册的气质，她明白印刷品能煽动叛乱、燃起争议。我们不是世俗的家庭，母亲决意不让我受到任何世俗的影响。

我问母亲为什么我们家不能有书，她说："书麻烦的是，你永远不知道书里有什么，等你知道时又为时已晚。"

我自忖："什么事为时已晚呢？"

我开始偷偷地看书——没别的办法——每次翻开书页都心想，这一次是不是为时已晚；会不会成了改变我的致命一击（剂），就像爱丽丝的瓶子、《化身博士》中惊人的药剂、左右特里斯坦与伊索尔德命运的神秘药水。

在神话、传说和童话里，在所有借鉴这些元素的故事里，尺寸与形状粗略而易变。这包括心的尺寸与形状，心中挚爱可能瞬间遭厌恶，憎恨之人也可能变爱人。看看莎士比亚《仲夏夜之梦》的剧情，迫克涂在拉山德眼睛上的草汁，让后者从一个在女人之间摇摆不定的男人变成了一个忠诚的丈夫。莎翁笔下的魔汁并未改变欲望对象——女性仍是本身的样子——而是迫使男性以不同的眼光看待她们。

同样在该剧中，提泰妮娅短暂地爱上了一个戴驴头的蠢材。这是变易魔汁的恶作剧，却向现实提出疑问：我们看见的，是自以为看到的东西吗？我们如自己相信的那样在爱着吗？

成长是件难事。很奇怪，即使我们的身体已停止成长，我们的情感似乎必须继续成长，这包含扩张与收缩，有些部分发育，有些部分则一定要随之消失……一成不变从来行不通，到头来我们的尺寸将与自身世界不合。

我曾抱持的愤怒大到可以塞满任意一间房子。我曾感觉那么无望，像大拇指汤姆①一样，得躲进椅子底下逃避践踏。

记不记得辛巴达如何哄骗妖怪？辛巴达打开瓶子，跑出

---

① 《格林童话》中的人物，个头比大拇指大不了多少。

来一个三百英尺高的妖怪,想将可怜的辛巴达置于死地。辛巴达迎合他的虚荣心,打赌说他无法钻回瓶子里。待妖怪一回瓶中,辛巴达塞住瓶口,让妖怪学会老实点。

荣格与弗洛伊德不同,他喜欢童话,因为童话对我们讲述人性。有时候,我们心中往往有既多变又强大的部分——那高涨的愤怒能够毁掉你和他人,有倾覆一切的势头。我们无法与强大又暴怒的那部分自己协商,除非我们教它变得老实,意即把它塞回瓶中,证明谁才是掌权者。这不是压制,而是找寻一个容器。在心理治疗中,治疗师扮演了容器的角色,收纳我们不敢释放的情绪,因为它太可怕,也收纳那些偶尔溜出来损毁我们生活的情绪。

童话提醒我们,根本没有标准尺寸这种东西,这是工业生活的错误观念,农民仍在与之斗争,他们设法向超市供给规格统一的蔬菜……不,尺寸是独特且易变的。

神借着人形出现——降到凡间的神明——的故事也是反对以貌取人的故事,事情的真相并非表面的样子。

在我看来,因应你的世界保持适合的尺寸——知道你和你的世界大小永不固定——是学习如何生存的一条珍贵线索。

温特森太太远大于她的世界,但她阴郁而别扭地蹲在矮架下,时而爆发成完整的三百英尺高,矗立在我们面前。随后,由于这高度无用、累赘、仅具破坏性,至少看似如此,她又败而退缩。

我身材矮小,因此喜欢小个子或弱势者的故事,但这些故事并非简单地讲一种尺寸对抗另一种。试想一下,例如《杰克与豌豆》,基本上是一个庞大、丑陋、愚蠢的巨人与矮小、机灵、跑得快的杰克的故事。好,但不稳定的元素是豆蔓,它从一颗豌豆长成参天大树一般,杰克攀着它抵达城堡。连接两个世界的这座桥梁变幻莫测,十分惊人。后来,巨人试图跟着杰克滑下来,豆蔓必须立马砍断。这告诉我,追求快乐,也可以说是生活本身,充满令人惊异的短期元素——我们来到原本到不了的地方,在旅程中获益,但我们不能留在那里,那不是我们的世界,我们不该让那个世界崩塌,撞毁我们可以居留的世界。豆蔓必须砍断。但"另一个世界"巨大的财富可以被带进我们的世界,就像杰克偷走会唱歌的竖琴和金母鸡。无论我们"赢得"什么,它们都将适应我们的尺寸和形态——就像缩小的公主和青蛙王子那样,变成它们及我们未来生命所需的真实形态。

尺寸确实重要。

在我一九八九年的小说《给樱桃以性别》中,我创造了一个名为"狗妇"的人物,一个住在泰晤士河边的女巨人。她因自己的体形大于她的世界而痛苦。她是我对母亲的又一次诠释。

六本书……母亲不想让书落入我手中。但她未曾想到,是我坠入书丛——我置身其中,以保安全。

温特森太太每周都会派我去阿克灵顿公共图书馆取她预先藏起来的谋杀悬疑小说。是的,这很矛盾,但我们的矛盾在我们眼中从不矛盾。她喜欢埃勒里·奎因[①]和雷蒙德·钱德勒[②],我质疑她说的"书麻烦的是,你永远不知道书(北部口音)里有什么,等你知道时又为时已晚……",她回答说,如果你提前知道会有尸体出现,故事就不怎么吓人了。

我获准阅读有关国王、女王与历史的非虚构书籍,但绝不可以读虚构作品。小说就是麻烦所在……

阿克灵顿公共图书馆藏书丰富,由石材建造,笃信自助与改良的时代价值观。靠卡内基基金会的资助,最终竣工于一九〇八年。馆外有莎士比亚、弥尔顿、乔叟与但丁的头像

[①] 曼弗雷德·班宁顿·李和弗雷德里克·丹奈合用的笔名,侦探推理小说史上承前启后的经典作家。
[②] Raymond Chandler (1888–1959),美国小说史上最伟大的作家之一,是世界上唯一一位以侦探小说载入经典文学史册的小说大家。

雕刻。馆内铺设新艺术风格瓷砖,装着一面硕大的彩绘玻璃窗,上头写了些实用的句子,像是"勤勉与谨慎战胜一切"。

图书馆藏有所有英国文学名著,像格特鲁德·斯泰因[①]那样的惊喜也不少。我不知道该读什么书、照什么顺序读,就按作者姓氏字母顺序读下来。感谢上帝,简·奥斯汀的姓以 A 开头(Austen)。

家里的六本书中,有一本出人意料,托马斯·马洛礼的《亚瑟王之死》。那本书是带插图的精美版本,原先是她一个放荡不羁、受过良好教育的舅舅的藏书。她保存下来,我读了那本书。

亚瑟王、兰斯洛特、桂乃芬、梅林、卡米洛城与圣杯的故事像化合物中缺失的分子,停泊进我心里。

我穷尽一生继续研究着圣杯故事。这些故事关于丧失、忠诚、失败、认可和第二次机会。我以前得把书放下,回头快速翻阅柏士浮追寻圣杯的章节,他曾一睹圣杯真貌,却因未能问出关键问题,圣杯消失了。柏士浮耗费二十年在林中流浪,寻找他曾找到、曾得到的东西,看似唾手可得,实则不然。

---

① Gertrude Stein(1874—1946),美国小说家、诗人、剧作家、批评家、艺术品收藏家,致力于语言文字的创新,对 20 世纪西方文学产生过重要的影响。

后来，当我工作遇挫，感觉迷失，对无以名状的东西感到厌恶时，都是柏士浮的故事给我希望。可能会有第二次机会……

实际上，机会不止两次——还有许多。五十年后的今天，我已明白，寻获与丧失、遗忘与记忆、离去与归来从未停止。生命的全部即关乎再一次机会，我们有生之日，直到最后一刻，永远都有再一次的机会。

当然我也爱兰斯洛特的故事，因为故事里全是渴望与得不到回应的爱。

是的，故事很危险，她说得没错。书是一张载你飞往他方的魔毯。一本书是一扇门。你打开它。你踏出去。你还回来吗？

我十六岁那年，母亲险些将我永远扔出家门，因为我违反了一条重大的规矩——比禁书还要严重。这条规矩不只是"禁止性行为"，而且绝对"禁止与同性发生性行为"。

我很害怕，也不快乐。

我记得去图书馆取谋杀悬疑小说，母亲要的书里有一本是T. S. 艾略特的《大教堂凶杀案》。她以为那是关于凶恶修士的血腥故事——任何对教皇不敬的故事她都喜欢看。

那本书在我看来薄了一点，悬疑小说通常很厚，于是我翻开看了看，发现它以诗体写成。这显然不对劲……我从没听说过 T. S. 艾略特。我想他可能是乔治·艾略特①的亲戚。图书管理员告诉我,他是一位美国诗人,大半生住在英国。他一九六四年逝世,得过诺贝尔奖。

我当时没有读诗,因为我的目标是照字母顺序,从 A 至 Z 读完英国文学散文②部。

但这本书与众不同……

我读到"这是一个时刻,/但须知还有别的时刻/会以突然让人疼痛的快感猛袭你们"。

我哭了起来。

图书馆里的读者抬头看我,眼带责备,管理员也训斥我,因为那年头图书馆里连打喷嚏都不准,更别说哭了。于是我把书拿到馆外,坐在台阶上,在北部常见的大风里把书从头到尾读完了。

这部陌生而美妙的剧本使那一天变得可以忍受,可以忍受又一次家庭的失败——第一次不是我的错,但领养的孩子都会自责。第二次失败无疑是我的错。

---

① George Eliot(1819–1880),著名英国小说家,本名玛丽·安·伊万斯,成名作为《教区生活小景》,其他代表作有《亚当·比德》《弗洛斯河上的磨坊》《织工马南》《米德尔马契》等。
② 在英文中,prose 可指诗歌以外的所有体裁。如无特殊说明,本书中散文(prose)即对等这个定义。

我对性与性取向感到困惑，也为摆在面前的现实问题烦恼，住哪里、吃什么、怎么通过 A-Level 课程①的各项考试。

我孤立无援，但 T. S. 艾略特帮了我。

所以当人们说诗是一种奢侈、一种选择，属于受过良好教育的中产阶级，不应在学校读诗，因为它不符合时代潮流，或者给出其他任何奇怪又愚蠢的关于诗以及它在我们生活中的地位的观点时，我便猜想说这些话的人过得很安逸。艰难的生活需要坚韧的语言——这就是诗的本质。这就是文学所给予的——一种语言，强大到足以说出生活如何艰难。

这不是藏身之处。这是安身之所。

从各种角度考虑，都是我该离开的时候了。书战胜了我，而我母亲战胜了书。

之前周六以及周四、周五放学后我在市场打工，包装货物。赚到的钱我拿去买书。我把书偷偷带回家，藏在床垫下。

只要有一张标准尺寸单人床和一堆标准尺寸平装书的人就能知道，床垫下每一层可以铺七十二本书。一层一层地，

---

① 全称是 General Certificate of Education Advanced Level，是英国的普通中等教育证书考试高级水平课程。英国学生中学毕业后大多会继续学习为期两年的 A-Level 课程。可凭借 A-Level 的成绩直接报考大学。

我的床显著升高了,像是《豌豆公主》的故事,没多久,我躺在床上离天花板比离地板还近。

母亲为人多疑,纵使她不多疑,也太明显了,她的女儿正步步高升。

一天夜里,她走进我房间,见床垫下支出平装书一角。她抽出书来,打着手电筒检查。真不凑巧,那一本是 D.H. 劳伦斯的《恋爱中的女人》。

温特森太太知道劳伦斯是恶魔,专写色情小说,于是她把书掷出窗外,继续翻找搜刮,我跌跌撞撞地爬下床,她把书一本接一本地从窗子扔进后院。我抓起书想藏起来,家里的狗叼着书跑开了,穿着睡衣的爸爸无能为力地站在一旁。

书扔完了以后,她提起我们用来暖浴室的小煤油炉,走进院子,把煤油倒在书上,点起火。

我看着它们熊熊燃烧,我现在还记得当时我心想,多么温暖,多么光明,在这个凛冽祥和的一月夜晚。而书一直以来于我都是光明与温暖。

我此前为每一本书都包上了塑料书皮,因为它们很珍贵。而今它们已化为灰烬。

隔天早上,院子里遍地都是零落的书页碎片,有些还飘进了巷子里。书本烧剩下的碎片。我拾起一些纸片。

这或许就是为什么我会如此写作——捡拾碎片,不相信线性叙事。艾略特是怎么说的?"为了支撑我的荒墟,我捡起这些碎片①……"

此后我沉默了好一阵子,但我了解到一件重要的事:外在的任何东西随时都可能被夺走。只有内心的东西才是安全的。

我开始背书。我们一直都会记诵大段圣经经文,保持口语传统的人似乎比依赖文字记录的人记忆力更好。

曾有段时间,保存记录并不是一种管理行为,而是一种艺术形式。最早期的诗是代代相传用以纪念和记忆的,包括战斗的胜利,以及部落的生活。《奥德赛》《贝奥武甫》是诗,没错,但它们具有实际的功能。如果不能把事情写下来,如何让它流传下去?你记忆。你背诵。

诗的韵律和意象使得它比散文更易于记起,易于吟诵。但是我也需要散文,所以我制作了属于自己的十九世纪小说的简写版——挑选出有魔力的符咒,而不太挂念情节。

我心里有字句——一排排指路明灯。我有语言。

---

① 引自 T.S. 艾略特《荒原》。

小说和诗是药剂，是解药。它们治愈的是现实对想象的撕裂。

我受到损害，我重要的一部分被毁坏了——那就是我的现实，我生命的种种事实；而在事实的对面，有我可以成为的人、我可以感受的东西，只要我仍能用语言、用意象、用故事表达这些，我便没有迷失。

有疼痛。有快感。有艾略特所写的让人疼痛的快感。我第一次感觉到那种疼痛的快感，是走在我们家屋后的上山路上。绵长的街道往下走是小镇，往上走是一座山丘。街道都是石子路，直通工厂低谷区。

我回头眺望，映入眼帘的不像是镜像或现实世界。那是我所在的地方，不是我将去往的地方。书没了，但它们是身外之物；蕴藏其中的东西无法如此轻易被摧毁。书里的已经在我心里，我们将一起逃离。

那堆闷燃的纸片和铅字，到隔天寒冷的清晨依然温暖，我站在边上，明白了我有别的事可做。

"去它的，"我想，"我可以自己写书。"

五 家

我们的房子是一座狭窄的小屋,夹在狭长的一排连栋房屋之中。门外是石子路。人行道的路面由坚硬的约克石铺成。我们的房子是二百号,几乎在路的尽头。

走进屋内是一道逼仄昏暗的门厅,墙上有一排衣帽挂钩和一只投币式煤气表。穿过门厅,右边是家中最好的客厅,特别摆设了一盏落地灯、一台收音电唱两用机、三件套仿皮沙发和一个陈列柜。

过了这扇门,有一道通往楼上的陡峭楼梯。而直接往里走会经过我们的起居室、厨房、院子、煤库,还有室外厕所,我们叫它"管家婆"。

楼上有两间卧室,左右各一间。我十四岁那年,左边潮湿漏水的那间隔成了一个我的小卧室和一个我们共用的卫生间。在那之前，我们放一只便桶在楼上。在那之前，我们都睡同一个房间。那个房间里有我父亲睡的双人床，如果父亲不在，母亲也睡那张床，还有我睡的靠墙的单人床。我从以前就很能睡。

两张床中间是一张小桌子，桌上靠近我的一边摆了一盏地球仪台灯，靠近她的那一边则是一台带电动旋转芭蕾舞者装饰的闹钟兼床头灯。

温特森太太喜爱那种设计匪夷所思的多功能电器。她是最早穿上发热胸衣的女性之一。不幸的是，那种胸衣过热时会发出哔声提醒穿着者。胸衣，顾名思义，就是穿在衬裙、连衣裙、围裙和外衣里面的，她也没什么办法降温，只能脱掉外衣，去院子里站着。如果下雨，她只好站在"管家婆"里。

那是个好厕所：刷成白色，小而紧凑，门后挂着一支手电筒。我会把书偷带进去悄悄阅读，谎称便秘。这很冒险，因为温太太热切推荐使用栓剂和灌肠剂。但为了艺术总要付出些代价……

煤库可不是个好地方：漏水，肮脏，寒冷。比起被锁在门外坐在台阶上，被锁进煤库简直令我痛恨。我常大喊着捶门，但毫无作用。有一次，我设法把门撞开了，却招来一顿打。母亲从不打我。她等父亲回家，告诉他打几下、用什么家什打……塑料藤条、皮带或者直接用手。

有时候一整天过去了才执行惩罚,所以在我眼里,罪过与惩罚已不相干,惩罚也就来得肆意而无谓。我并不因此而对他们多出敬意。过了一阵子我便不怕受罚了。惩罚没有修正我的行为,倒是使我恨他们,不是一直都恨,而是无助的人心怀的仇恨;一种涨而又消的恨,逐渐成为我们关系的基础。一种由煤而生、像煤一样缓缓燃烧的恨,每当我再犯罪过、再受惩罚时,恨便再度煽起。

工人阶级的英格兰北部惯常是个野蛮世界。男人打女人,或者用 D. H. 劳伦斯的话来说,"轻拍"她们一记,要她们安分。女人打男人比较少,倒也不至于没听过,如果男人犯下以一般道德观看来"活该"的事——醉酒、沉迷女色、拿家用钱去赌博——那么他们也甘愿挨揍。

小孩多数日子都被父母赏巴掌,挨揍较少见。小孩之间成天打架,不分男孩女孩,我从小到大都不在意皮肉之苦。我打过以前的几任女友,后来我意识到这是不可以的。即使是现在,我发火时也想要挥拳把触怒我的人击倒在地。

这解决不了任何问题,我知道,我也花了很多时间理解自己的暴力。我的暴力还不是花拳绣腿。有些人绝无可能杀人。我不是那类人。

了解这件事是好的。最好要了解在极度刺激之下你是什么样的人,心里藏着什么,能够做什么,可能做什么。

我父亲与第二任妻子结婚几年后开始打她。莉莲打电话到我科茨沃尔德的家说:"你爸开始摔东西了。我也摔了几样回去。"

他们当时还住在一栋养老院的平房里,不像会发生家庭暴力的地方,况且我爸已经七十七岁了。我没把这事放在心上。他们摔什么东西?假牙?

我知道在我父母皈依基督之前,他打过我母亲,我也知道母亲和她的母亲曾遭我外公毒打,但从小到大,爸爸只有在我母亲的指令之下才会打我。

第二天,我历时四小时来到阿克灵顿,爸爸被支开去买炸鱼薯条了。莉莲为我泡了一杯茶,用塑料杯端给我。屋里到处是破碎的陶器。

"我的茶具,"莉莲说,"成这样了……花我自己的钱买的,不是他的钱。"

她很气愤,尤其因为温特森太太一生都在收集皇家阿尔伯特牌瓷器,陈列柜里存放着一套讨人厌的怀旧餐具。莉莲说服爸爸卖掉那套餐具，重新买过。

莉莲身上有瘀伤。爸爸面露窘色。

我开车带他出门，驶向鲍兰山谷。他喜爱兰开夏郡的丘陵和山谷——我们俩都喜欢。他年轻力壮时，常让我坐在脚踏车后架，骑大约十英里路到彭德尔山，然后我们散一整天步。那是我最快乐的时光。

他从不多话，笨嘴拙舌的，而我妈和我辩论争执起来则是伶牙俐齿、唇枪舌剑。但我猜想是温特森太太耶和华式的会话风格——实则是一场毕生的独白——使他变得比天性更为沉默。

我问他摔碎的陶器是怎么一回事，约莫半小时他一言不发，然后他哭了。我们从保温瓶里倒了些茶来喝，接着他开始谈论战争。

他参加了诺曼底登陆。他所在的是第一波强攻部队。他们没有弹药，只有刺刀。他用刺刀杀了六个人。

他对我说起当时放假回利物浦的事。他疲惫不堪，随意走进一间废弃空屋，拆下窗帘盖在身上，在长靠椅上躺下。黎明时分，一个警察摇他肩膀把他叫醒——难道他不知道发生了什么事？

爸爸环顾四周，半梦半醒。他还盖着窗帘躺在靠椅上，但房子已经不见了。在夜里被炸毁了。

他告诉我,大萧条时期,他父亲曾带他在利物浦的码头转来转去找工作。爸爸生于一九一九年,是庆祝"一战"结束而生的婴儿,然后他们忘了庆祝他的出生。他们完全忘了照料他。他是养大后赶上第二次大战的那一代人。

应征入伍那年他二十岁。他了解忽视与贫穷,也知道在生活打击你之前,你得先打它。

不知怎的,爸爸沉入心底多年的这些事情全都浮出水面。随之而来的是关于温特森太太和他们早年婚姻生活的噩梦。

"我真的爱过她……"他不住地说着。

"你爱过,现在你也爱莉莲,你不能朝她扔茶壶啊。"

"康妮不会原谅我再婚的。"

"没事的,爸爸。你幸福,她会高兴的。"

"不,她不会。"

我心想,除非天堂不只是一个地方,除非上天堂会将人格整体移植,否则,不,她不会的……但我没有说出口。我们只是吃了巧克力,安静下来。然后他说:"我一直很害怕。"

"别怕,爸爸。"

"不怕,不怕。"他点点头,觉得安慰,像个小孩。他从来都是个小孩,而我很难过没能看顾他,难过有那么多小孩从未得到看顾，因此未能长大。他们会变老，但无法长大。长大需要爱。如果你幸运的话，爱会在以后到来。如果你幸运的话，就不会朝挚爱脸上打去。

他说他再不会这么做了。我带莉莲去买了些新茶具。

"我喜欢这些大口杯……"她说。我喜欢她把马克杯叫作"大口杯"。这是个不错的俗称——将口浸入的东西。

"我怨康妮，"她说，"她对你和你爸做了那些事，他们该把她关起来才是。你知道她疯了，对吧？耶稣啊，整夜不睡啊，把你扔出家门啊，枪，胸衣，到处贴满该死的圣经经文。我叫他把那些从墙上给刮下来了，你知道的。他一直很爱你，可她不让。他从来都不想要你走的。"

"莉莲，他没为我争取。"

"我知道，我知道，我跟他讲过……还有那间可怕的屋子……还有那套可怕的皇家阿尔伯特瓷器。"

我母亲是下嫁的。所谓下嫁是指没钱也没前途。下嫁是指展现给大街上的每个人看，即使你没有更富裕，你还是过得更好。更好指的是一个陈列柜。

省下的每一分钱都投进了一个标着"皇家阿尔伯特"的

饼干罐里,每一件皇家阿尔伯特都摆进了陈列柜里。

皇家阿尔伯特瓷器缀满玫瑰图案,镶了金边。不用说,我们只有在圣诞节和母亲一月的生日时才会用这套餐具。其余时间它陈列着。

我们都得了"皇家阿尔伯特热"。我存钱。爸爸加班。我们这么做是因为每摆置一个盘子或肉汁壶,都使她前所未有地接近幸福。幸福仍在玻璃门的另一边,但至少她能透过玻璃看见,有如一名囚犯得到朝思暮想的爱人探访。

她想要幸福,我想这是我令她如此恼怒的主要原因。我就是没法活在一个合上盖子的浩瀚的垃圾桶里。她最喜欢的歌曲是《上帝涂抹你的过犯》,而我最爱的是《要喜乐,上帝的圣徒》。

我依旧唱这首歌,还把它教给我所有的朋友和教子,它十分荒唐,我觉得它相当美妙。全部歌词如下:

> 要喜乐,上帝的圣徒,
> 没有任何事好忧虑;
> 没什么能使你恐惧,
> 没什么能叫你怀疑;
> 要记住耶稣拯救你;

所以何不信他高呼,

明朝,你将后悔曾经忧虑。

所以,我妈会边弹钢琴边唱《上帝涂抹你的过犯》,而我会在煤库里唱着《要喜乐,上帝的圣徒》。

领养的麻烦是,你永远不知道自己将得到什么。

我们家的生活有些古怪。

我五岁才上学,因为我们住在外公家,照料垂危的外婆。上学的事难以兼顾。

外婆垂危的那段日子里,我常走进面朝玫瑰园的起居室,爬上她那张高高的大床。那是一间温馨明亮的屋子,我总是第一个醒来的人。

小孩和老人可以相处得非常融洽,我喜爱钻进厨房,站在凳子上,做些乱糟糟的果酱奶油三明治。这是患喉癌的外婆唯一能吃的东西。我喜欢三明治,不过只要是食物,什么我都喜欢,再说,那时候还没有亡灵在厨房徘徊。也可能只有我母亲看得见他们。

三明治做好后,我拿去高高的大床边——我想那时我大概四岁——唤醒外婆,我们吃掉三明治,果酱滴得到处都是,再一起读书。她读我听,我读她听。我擅长读书,如果启蒙的书是圣经,你必定会擅长朗读……不过我从最初就喜爱文字。

她给我买了凯瑟琳·黑尔①全套的《橘子酱花斑猫奥兰多》。奥兰多特别橘黄,特别儒雅。

那段日子很美好。有一天,我父亲的母亲来访,他们向我介绍说那是"你的祖母"。

我说:"我有一个祖母了,不想再要一个。"

这着实伤了她和我爸的心,也愈加确凿地证明了我邪恶的本性。但是没人想明白,在我小小的等式里,两个母亲意味着第一个永远离开了。两个祖母不就意味着同样的事吗?

我如此害怕失去。

外婆走的时候,是我发现的。我不知道她已走了。我只知道她没有读故事,也没有吃果酱奶油三明治。

后来我们收拾行李,离开了有三座花园、背倚陡峻山林的外公家。

我们搬回沃特街那栋两上两下的房子。

我想,母亲的抑郁症就肇始于那时。

---

① Kathleen Hale(1898–2000),英国插画家、童书作家。

我住在家里的十六年间,父亲不在工厂轮班,就在教堂。这是他的模式。

母亲整夜清醒,终日抑郁。这是她的模式。

我上学,去教堂,跑进山间,秘密读书。这是我的模式。

我自幼便学会隐蔽。藏匿我的心。掩饰我的想法。自母亲决意相信我躺的是"错误的婴儿床"时起,我的一切行为都坚定了她这一信念。她警惕地注视着我,留心是否有被魔鬼附身的迹象。

有一回我耳朵听不见了,她不带我去看医生,因为她相信这要么是耶稣堵上我的双耳,以隔绝世事,力图改造我破碎的灵魂,要么就是撒旦耳语我的声音太大,穿破了我的耳膜。

对我很不利的是,我发生耳聋与发现阴蒂差不多是在同一时期。

温太太极其守旧。她知道自慰会使人失明,因此不难推断,也会使人失聪。

我认为这有失公允,我们认识很多人戴助听器和眼镜。

公共图书馆有整整一区大字版的书。我注意到那旁边就是自习隔间。想来是环环相扣的。

总之，我必须切除肥大的扁桃腺，所以塞住我耳朵的既不是耶稣也不是撒旦，唯余的可能是我的本质作祟。

母亲带我去医院，放我在儿童病房带护栏的床上躺下，我立刻爬下床追她。

她身穿克林普纶大衣走在前头，高大魁梧，形单影只，我依然记得光亮的油毡地板在我赤脚下滑过的感觉。

恐慌。我现在依然能感受到。我一定是以为她把我送回去了，让其他人再收养我。

我记得在医院的那天下午，我上了麻醉，开始编一只没有毛的兔子的故事。他的母亲给他一件镶有宝石的外套穿，却被黄鼠狼偷走了，那是一个冬天……

我想，哪天该把那个故事写完……

我花了很长时间才明白，有两种写作：你写的和写你的。写你的那种很危险。你会去往不想去的地方。你会看到不想看的地方。

兔子与扁桃腺肥大的插曲过后，我晚了一年才被送去上学。这是件忧心事，因为母亲把学校称为"孽生地"——我问她孽生地具体是什么，她说就像是没用漂白剂清洗过的水槽。

她让我别和其他孩子来往。他们想必从漂白剂中幸存——反正脸色都很苍白。

我能读会写,还会加法,这就是我在学校里做的一切。虽然我表现不错,还是像坏孩子那样得了坏成绩。我已经接受"坏"的标签。有个身份总好过什么都没有。

我大部分时间都在画地狱的图画,再带回家给母亲欣赏。画地狱有个很棒的技巧:用明亮的七彩色块将一张纸着色,接着拿一支黑色蜡笔涂抹盖住所有颜色。然后用一根大头针在纸上蚀刻。黑色刮除的地方便透出彩色。生动而醒目。对迷失的灵魂尤其如此。

我因烧毁玩具厨房而不光彩地离开幼儿学校,女校长——她身着黑色粗花呢衣服为苏格兰哀悼——对我母亲说我跋扈又好斗。

的确是。我对别的小孩拳打脚踢,男孩女孩都打,上课听不懂就径自离开教室,要是老师试图拉我回去,我就咬老师。

我意识到自己的行为不甚理想,但母亲相信我是被魔鬼附身,而校长正为苏格兰哀悼。要正常很难。

我每天自己起床上学。母亲会给我留一碗玉米片和装在保温瓶里的牛奶。我们没有冰箱，一年到头大多时候也不需要冰箱——屋里很冷，北英格兰很冷，而且我们买来食物就会吃光。

温特森太太有一些关于冰箱的可怕的故事——冰箱会排放气体使人晕眩，老鼠会被卡死在冰箱马达里，继而引来更多的野老鼠……小孩被关在冰箱里面出不来——她听说过一户人家，玩捉迷藏的时候幺子爬进冰箱给冻死了。他们只能解冻冰箱，把他撬出来。之后政府带走了其他的孩子。我纳闷为什么他们不带走冰箱就好。

每天早晨我下楼，吹旺炉火，读字条，总有一张字条是留给我的。字条开头是一般的提醒，要我洗"手、脸、颈、耳"，后面是摘自圣经的劝诫，譬如"寻找耶和华"或"总要警醒祷告①"。

每天的劝诫都不同。要洗的身体部位始终如一。

我七岁那年，我们养了一条狗，我上学前的任务是绕着街区遛狗，然后喂饱它。于是清单列成了"洗、遛、喂、读"。

---

① 典出《马太福音》26:41。

上学头几年的正餐时间——北部称午餐为正餐——我会从学校回家，因为小学就在街角。到家时，母亲已经起床，我们吃馅饼和豌豆，读一会儿圣经。

后来，我去了较远的文法学校，正餐时间不回家，我就没吃过午餐了。母亲拒绝接受家庭经济情况调查，所以我没有资格吃免费校餐，可我们也没钱买午餐。我平常会在包里带两片白面包和一点奶酪，就吃这些。

没人觉得这不寻常，也的确没什么。填不饱肚子的孩子多得是。

我们在晚上能填饱肚子，因为我们有一块公租菜地，地里的蔬菜长得很好。我喜欢种菜，至今依然，我从中获得一种闲静之乐。我们养了母鸡，所以有蛋，不过每个礼拜只买得起两次肉，吸收不到足够的蛋白质。

周四晚上总要煮地里摘来的洋葱或土豆。爸爸周五领工资，每到周四家里已分文不剩。冬天，煤气和电表也在周四走完，所以洋葱和土豆煮不熟，我们就这么在昏暗的煤油灯下吃饭。

街上的每个人都一样。周四停电司空见惯。

我们没有汽车，没有电话，也没有暖气。冬天窗玻璃内侧会结冰。

我们通常都很冷,但我不记得曾为此烦恼。我爸小时候没有袜子穿,所以撇开其他部位不谈,我们的脚也是进化了的。

我们有个煤火炉,我五岁那年学会了堆煤点火,那时我们刚从外公装有暖气的房子搬回透风潮湿的连栋屋。爸爸教我生火,我颇感自豪,连灼伤的手指和烧焦的发梢都让我引以为傲。

我的任务是搓纸捻,把它们浸入煤油,再摞进一个密封的饼干罐里存放。爸爸拾捡引火柴,劈柴。送煤工来的时候会免费给我母亲几袋他们叫作"煤屑"的东西,因为他曾经想娶她。她将此事看作对她品德的侮辱,不过还是留下了煤屑。

母亲上床睡觉时——早晨六点左右——会把沾了焦油的薄薄一层煤屑粉末撒在炉火上,让火小小地暖暖地烧着,留一些煤给我早上七点半时再把火烧旺。她彻夜不眠,听地下广播向铁幕那边的苏联传福音。她烤糕点,缝纫,编织,修修补补,还读圣经。

她是个如此孤独的女人。一个渴望有人懂她的孤独女人。我想,如今我真的懂她了,但为时已晚。

真的是这样吗?

弗洛伊德,这位伟大的叙事大师,他知道过去并非如线性时间的刻度那般固定。我们可以回头。我们可以捡起掉落的东西。我们可以修补被他人破坏的东西。我们可以与已故之人交谈。

温特森太太留下了一些未竟之事。

其中一件是建立一个家。

罗马尼亚哲学家米尔恰·伊利亚德[①]谈及家——本体论的以及地理学意义上的家——用了一个美好的词,他称家为"现实的中心"。

他告诉我们,家是两条线的交点——垂直的线与水平的线。垂直面的一端有天堂,或上界,另一端有已故者的世界。水平面是这个世界的车水马龙,来来往往,我们自己的以及芸芸众生的车水马龙。

家是秩序井然的地方。事物秩序的会聚之地——生者与死者——先祖与今人的灵魂,所有往来在此汇集与沉淀。

有家可离时,才可能离家。这种离开从来都不只是地理

[①] Mircea Eliade(1907–1986),罗马尼亚宗教史学家、小说家、哲学家,以博学和多才多艺著称,曾任芝加哥大学教授。

或空间上的分离；它是情感上的分离，无论你希望与否。无论你坚定还是矛盾。

对于流亡者和流浪者而言，要安置自己，关键坐标的缺失有着严重后果。在最好的情况下，这种缺失必得到处理，或以某种方式得到弥补。最糟时，一个名副其实的失所之人，不知哪一条路向北，因为没有真正的北方。没有罗盘指向。家远非遮风蔽雨之所而已，家是我们的重心。

游牧民族学习把家带在身边，于是熟悉的物件随他们流离转徙，在一处摊开，在另一处重组。我们搬家时，带着无形的家的概念，却也是很强大的概念。心理健康与情感连续性并不需要我们待在同一所屋子、同一个地方，但需要一个内在的坚实结构——这种结构有一部分由外在发生的事所建立。我们生命的内在与外在各是一个壳，我们学着居住其中。

家对我而言是个疑难。它既不象征秩序，也不代表安全。我十六岁离家，此后不断迁居，直到在很偶然的机会下，找到两处住所并定居，两个地方都很简朴，一处在伦敦，一处在乡间。我从未与任何人在这两个家里同住。

这并没有让我觉得特别高兴，可是在我真的和别人同居的十三年里，我又需要很多独处的空间。我不脏乱，井井有条，也乐意煮饭和打扫，但难以适应另一个人的存在。我真希望不是这样的,因为我由衷地希望与所爱之人同住。

我觉得我只是不知道该怎么做。

所以我最好还是接受自己尚未调整好的对于距离与隐私的需求吧。

温特森太太从来不尊重我的隐私。她翻遍我的物品,看我的日记、笔记本、我写的故事和信件。我在那个屋子里从未感到安全,她要我离开的时候,我感觉被背叛。我从不属于也永远不会属于那里,这种糟糕、可恶的感觉如今已经舒缓一些,因为家是我自己的了,我可以随意来去。

我从来没有沃特街房子的钥匙,所以进屋这件事取决于是否获准。我不知道自己为何依然如此喜欢门阶——这似乎有悖情理,鉴于我曾经坐在一处门阶上耗掉那么多时间,不过阿克灵顿家中对我很重要的两个地方,也是我现在的家中最不可或缺的。

门槛和壁炉。

朋友们开玩笑说,不到正式就寝时间,或者大雪真的飘进厨房时,我是不会关上家门的。我早上起床后的第一件事就是打开后门。冬天,起床后的第二件事就是生火。

席地坐在门阶上的那些时光使我对阈限空间有一种感情。我喜爱猫时常在门口半进半出的样子,既有野性又驯顺,我也是,既有野性又驯顺。我是驯养的,不过只有在门开着的时候。

我想这就是那把钥匙——再也不会有人把我锁在门内或门外。我的门是开着的,我就是打开它的人。

门槛和壁炉是神秘的空间。两者在我们的神话史中各具神圣与仪式性的特质。跨越门槛就是进入另一个世界——无论是门内还是门外的世界——打开门之前,我们永远无法确知另一边有什么。

每个人都梦到过熟悉的门与未知的房间。纳尼亚是通过衣橱里的门进入。蓝胡子的故事里有一扇绝对不可以打开的门。吸血鬼不能跨过布满大蒜的门槛。打开门进入神秘博士小小的时空机器,内里是一个广阔多变的空间。

抱新娘进新房的传统是一种过渡礼;抛却一个世界,进入另一个世界。我们离开原生家庭,即使在今日,也远远不只是提一个皮箱走出屋子。

我们的前门可能是一片美妙风光,或是令我们畏惧的景象;很少只是一扇门而已。

跨进与跨出、不同的世界、重要的空间是我小说中的私密坐标,我试图使之成为范式。

当个人的故事变为范式和寓言，便会对他人有效。一个故事的强度——比如《橘子》的故事——会释放到比它所在的时空更广大的空间中。故事跨越门槛，从我的世界进入你的世界。我们在故事的门阶上相逢。

对我而言，书是一个家。书并没有建立一个家——它们就是家，正如打开一扇门的意义，你翻开一本书，走进去。里面是不同的时间和不同的空间。

书里还有温暖，有壁炉。我手捧一本书坐下，便暖和了。我从门阶上的寒夜里知晓这些。

温特森太太，从一九四七年直至一九九〇年过世，都住在沃特街同一栋房子里。那是一个庇护所吗？我不这么认为。那是她想待的地方吗？不是……

她讨厌狭小简陋的地方，然而那就是她拥有的一切。其间我自己买过几栋大房子，只是为她做尝试。事实上，我的偏好更为简朴——直到因为母亲的阴影买下再卖出房子之后才晓得。

"和大多数人一样，我跟父母生活了很久……"《橘子》是这样开头的，而结尾是那个年轻女人，叫她珍妮特吧，她回到家中发现一切几乎未变——一台新电子琴为圣诞颂歌增添了一点贝斯和打击乐,除此之外,生活照旧——母亲庞大的身躯屈居于狭窄的屋子,她在屋里塞满皇家阿尔伯特瓷器和电器,用复式记账法计算教会账目,在弥漫的灭蝇喷雾里抽烟到深夜,她的香烟藏在一个贴着"橡皮筋"标签的盒子里。

和大多数人一样,当我回首往事,家里的房子留存在时光中,更确切地说,它已在时间之外,因为它如此清晰地存在着,不会改变,只有通过心中的那扇门才能进入。

我喜欢前工业社会以及宗教文化至今仍然在做的,即认定有两种不同的时间:线性时间,又是循环时间,因为历史虽看似在前进,却会重演;另一种是真实时间,不受制于钟表和日历,是灵魂曾活过的时间。这种真实时间是可逆的、可挽回的。这就是为什么在各种宗教仪式里曾发生过一次的事情会重现——逾越节、圣诞节、复活节,乃至异教风俗中的仲夏节和神之死。参加仪式,我们便踏出线性时间,进入真实时间。

当我们活在一个机械化的世界时,时间才真正上了锁。于是我们成了照表行事的人和时间的仆人。如同生命中的其他事物一样,时间被标准化了,变得雷同。

我十六岁离家时买了一条小毛毯。它是我卷起来的世界。无论我去到哪个房间、哪个临时居所，我都摊开这条毛毯。它是我自己的地图。别人看不见，但装在毛毯里的，是我待过的所有地方——待过数周的、数月的。初到一个新地方的头一天晚上，我总爱躺在床上，看着这条毯子，提醒自己已经拥有所需，哪怕如此微薄。

有时，你必须住在不安稳的临时居所。不适宜的地方。错误的地方。有时，安全的居所帮不到你。

为何我在十六岁时离家？那是改变此后人生的重大选择之一。回顾往昔，我感觉自己当时处于常情的边界，理智的做法本该是保守秘密，如常生活，学着更圆滑地说谎，迟些离开。

我发现，理智的做法只有在做很小的决定时才有效。至于改变人生的事情，你必须冒险。

震撼的是，当你冒了险，做了正确的事，来到常情的边界，跨入未知的领域，抛却所有熟悉的气味与光线，此时你并未感受到强烈的喜悦和巨大的能量。

你不快乐。事情变得更糟。

这是哀伤的时刻。失落。恐惧。我们用疑问击穿自己。

然后我们感觉中弹了,受伤了。

　　这时所有的懦夫跑出来说:"瞧吧,我告诉过你了。"

　　其实,他们什么都没告诉过你。

六　教堂

"那不是教堂——那是两间连栋屋拼在一起。"

阿克灵顿布莱克本路的以琳五旬节教会,是我十六年间生活的中心。那里没有靠背长椅,没有祭坛,没有中殿和高坛,没有彩绘玻璃,没有蜡烛,没有风琴。

那里有折叠木椅、又长又低的讲坛——更像个舞台,而非传统的带支柱的箱形讲坛——一台酒吧钢琴和一个地坑。

洗礼仪式时会往坑里倒满水。如同耶稣在约旦河为信徒施洗,我们也将信徒全身浸没在深深的温水池里,水必须在仪式前一天慢慢加热。

受洗者会拿到一个用来装假牙和眼镜的小盒子。原本只是用来装眼镜的,直到那次斯莫利太太在水中开口赞美主时,上排牙齿掉了出来。牧师不会游泳,只好由一位教友潜入水里,把假牙捞上来——我们一齐唱《我要叫你们得人如得鱼》以示鼓励,不过他们觉得掉一副假牙是意外,要是掉两副看起来就像是粗心大意了。于是,洗礼时要摘下假牙——如果你有假牙的话,而实则大部分人都有。

他们激烈地辩论过土葬和火葬时要不要摘下假牙。

和多数福音派组织一样,以琳教会相信号筒末次吹响的时候肉身复活——温特森太太不信,但她保持沉默。问题是,如果牙齿拔掉了——二十世纪六十年代前流行这么做——在号筒末次吹响的时候牙齿会长回来吗?如果长回来,假牙会不会碍事?如果长不回来,是不是就得没有牙齿度过永生?

有人说这不要紧,因为死后的灵魂生活没有人需要吃东西;也有人说这很要紧,因为我们想要在耶稣面前是最好的样子……

辩论持续着……

温特森太太不希望自己的肉身复活,因为她从来都没有爱过它,从来都没有在哪一天的哪一分钟爱过它。尽管相信末世,她却觉得肉身复活不科学。问起她这件事时,她对我说,她看过记录广岛与长崎的百代新闻片[①],她了解罗伯特·奥

[①] 百代电影公司,由法国人查尔·百代及哥哥爱米尔·百代 1896 年创立于法国。新闻片是纪实电影的一种。百代是 20 世纪最主要的新闻片和纪录片制作公司之一。

本海默和曼哈顿计划①。她经历过战争。她哥哥曾是一名空军，而我爸爸曾加入过陆军——这是他们的人生，而非历史。她说原子弹出现后，你无法再相信质量，一切只与能量有关。"现世只是质量。我们走的时候，就成为能量，如此而已。"

多年来我对此思索良多。她理解这极其复杂又绝对简单的事。对她而言，在《启示录》里，都会过去的"世界上的事"，以及"好像书卷被卷起来的天地"，都证明了从质量到能量的无可避免之进程。她舅舅——她亲爱的母亲所挚爱的兄弟——是一名科学家。她是个聪慧的女人，在疯狂的神学与残酷的政治之间，在她浮夸的抑郁和她对书本、知识、生活的拒绝之间，她观看了原子弹爆炸，意识到世界真正的本质是能量而非质量。

但她未曾理解，她活着的时候，能量也可以是她自身真正的本质。她无须受困于质量。

受洗者身裹白布，或羞怯，或大方，牧师问他们这个简单的问题："你接受主耶稣基督为你的救主吗？"

回答是："我接受。"此时受洗者蹚进水中，由两名壮汉

---

① "二战"期间美国陆军部研制原子弹的计划。奥本海默为该计划的首席科学家，1945 年由他主导研制出世界上第一颗原子弹。

架着身子两侧,将全身浸入水池——旧生命结束,出水进入新生。浑身湿透地站起来后,他们取回假牙和眼镜,被人领进厨房擦干身体。

洗礼很受欢迎,仪式之后总有一席提供百果土豆馅饼的晚餐。

以琳教会不为婴儿施洗。洗礼只为成年人或接近成年的人而举行——我是十三岁。只有在一个人将生命交托给耶稣并理解其深意的情况下,他才能在以琳教会受洗。基督训谕他的信徒必须出生两次:自然的出生与属灵之出生,这与异教及部落的宗教入会仪式并无二致。在机遇和环境所赋予的生命与人为选择的生命之间,必须行一种过渡礼,一种有意为之的仪式。

有意识地选择生命与生活方式,而不只是因应自然和机遇的偶然性将生命视作自然赋予动物的礼物,有心理上的益处。"第二次出生"通过唤起自省与意义,从而保护了灵魂。

我知道,这整个过程很容易变为另一种机械式的学习,其中根本没有选择,无论多么愚笨的回答都胜过诚实的质疑。不过它的动因仍是好的。我见过很多工人阶级的男女——包括我自己——加入教会后过着可能比原来更为深刻更具见地的生活。这些人没接受过良好教育,研读圣经促使他们动脑。

他们下班后碰头,做嘈杂的讨论。归属于某样宏大、重要事物的感觉带来团结与意义。

对一个人而言,没有意义的一生,也毫无动物自然的尊严;我们不能只是吃、睡、狩猎和繁殖,我们是追求意义的生物。西方世界摒弃了宗教,但没有消除我们的宗教冲动;我们似乎需要某种更崇高的目标、某种生活的目的——仅仅有钱有闲和社会进步是不够的。

我们应该要找到新的探寻意义的方式——如何找到仍不清楚。

然而对于阿克灵顿以琳五旬节教会的成员们来说,生命充满神迹、预兆、奇迹和实际的目标。

该团体便是如此于一九一五年在爱尔兰莫纳亨创立,不过创始者乔治·杰弗里斯是威尔士人。"以琳"这个名字出自《出埃及记》第十五章第二十七节。摩西和以色列人在旷野中跋涉,众人痛苦而疲惫,寻求神的预兆,就在这时,"他们到了以琳,在那里有十二股水泉,七十棵棕树,他们就在那里的水边安营"。

要是哪只母鸡不生蛋,为它祷告,鸡蛋必定随之而来。我们的复活节仪式总要为母鸡祈福,很多人都养鸡;我们家的鸡养在菜地里，大多数人家的养在后院。若有狐狸来访，很快会被传成一则撒旦变着法子顺手牵羊的寓言。不愿意下蛋的鸡无论你怎么为它祷告，它就像是离弃耶稣的人，傲慢而无果。

如果你把洗好的衣服挂出去，却下起雨来——找三两信徒祈祷吹来合意干燥的风。由于没人有电话，我们常互相串门子找人帮忙。温特森太太不这么做——她独自祷告，祷告时站着，比起双膝跪地的罪人，她更像《旧约》中的先知。

苦难是她的铠甲。渐渐地，那成了她的皮肤。于是她无法脱下。她没有止痛药，在痛苦中死去。

至于其他人，至于我，确知神在近处，就使不确定有了意义。我们没有银行存款，没有电话，没有汽车，没有室内厕所，多半没有地毯，没有工作保障，没有什么钱。教会是互帮互助与提供理想可能性的所在。包括我在内，我认识的人中没有一个感到受困或无望。就算我们只有一双鞋，领薪日前的周四晚上没东西吃，又有什么关系？"你们要先求他的国，这些东西都要加给你们了[①]……"

好建议——如果神的国是真正有价值的地方，是不囿于

[①] 典出《马太福音》6:33。略有不同。《马太福音》中为"你们要先求他的国和他的义，这些东西都要加给你们了"。

日常现实和数字的地方，如果那是你真心热爱的地方……

在一个变得工具主义与功利主义的世界里，神的国这种象征——它是一种象征而非一个地方——代表了爱对权势的傲慢和财富的虚妄发起的挑战。

礼拜一晚上——姊妹会

礼拜二晚上——读经

礼拜三晚上——祈祷会

礼拜四晚上——兄弟会/"百得①"之夜

礼拜五晚上——青年团契

礼拜六晚上——培灵会（外出）

礼拜日——全天

兄弟们的"百得"之夜是很务实的聚会，他们修整教堂或去某位弟兄家里帮忙。周六晚上的培灵会是每周真正的重点，因为它通常意味着前往另一个教会，夏天的话，意味着帐篷布道会。

教会有一顶大帐篷，每年夏天我们都随"荣光布道团"

---

①美国五金及电动工具品牌。

东奔西跑。在阿克灵顿高架桥下的空地上所搭的荣光布道团帐篷里,我的父母重塑了他们的婚姻。

我母亲热爱荣光布道团。我认为对于她本该相信的东西,一多半她都不信,她还自己生造出好些神学观念。但我觉得,她和爸爸在帐篷布道会皈依主的那一晚,使她没有拎起小皮箱离家出走,一去不返。

所以每年当温特森太太见到野外的帐篷,听到小风琴演奏《与主同行》时,她便常常抓起我的手说:"我能闻到耶稣的气息。"

帆布的气味(北部夏季多雨)、为会后聚餐准备的汤的气味以及印有颂歌的潮湿纸张的气味——这就是耶稣闻起来的气息。

如果想要拯救灵魂——谁不想呢——那么帐篷似乎是最佳的临时建筑。它暗喻着我们这无常的人生:了无根基,轻易消逝。它是风雨中的浪漫故事。风吹过时,帐篷鼓胀着飘动,这里有谁感到迷失与孤独?答案是——我们所有人。小风琴奏起《耶稣恩友歌》。

在帐篷里,你会感受到与他人的共鸣,即使你并不认识他们。在帐篷里共处就是一种纽带,你看到微笑的脸庞,闻到煮汤时的香气,身旁的人询问你的名字,接着你很有可能想要得到拯救。耶稣的气息是美好的。

对我的父母辈而言,帐篷就像战争对人的意义。不是真正的生活,而是可以摆脱日常规则的一段时间。你们可以忘记账单与烦恼。你们有共同的目标。

他们的样子历历在目:爸爸身穿针织开衫、佩戴针织领带,站在门帘边和走进帐篷的人握手;母亲则在帐篷走道中央,引来人入座。

还有我,分发颂歌歌词或带领合唱——福音派教会会唱很多合唱曲——简短轻快的词搭配激励人心的曲,易于记忆。像是《要喜乐,上帝的圣徒》。

除非亲身经历,不然很难理解这其中的种种矛盾。同志的情谊、单纯的快乐、仁慈、分享,在一个无所事事的小镇上每晚有事可做的乐趣;与之相对的是残忍的教条和令人痛苦的苛禁:禁酒,禁烟,禁止性行为(如果已婚,婚后性行为要尽可能地少),禁看电影(但查尔顿·赫斯顿饰演摩西的《十诫》是特例),禁读灵修文学以外的读物,禁着华服(并不是说我们买得起),禁止跳舞(除非是在教会跳一种表达神圣狂喜的爱尔兰吉格舞),禁听流行音乐,禁止打牌,禁止去酒吧——去喝橙汁也不行。电视可以看,但禁止在礼拜日看。礼拜日要用布把电视机罩起来。

可我喜欢荣光布道团在学校放假时活动,这样我就可以蹬上脚踏车,骑三十或四十英里前往帐篷安置的地方,领一根香肠或一个馅饼,接着是聚会时间,几小时后,外地赶来的人躺进睡袋,就地休息。我们再骑车回家。

温特森太太独自坐长途汽车过来,这样她便可以抽烟。

有一天她带奈丽阿姨一起来。她们都抽烟,但两人约定不告诉别人。奈丽阿姨原本是卫理公会教徒,但她改变了心意。大家都管她叫奈丽阿姨,虽然她并没有组建自己的家庭。我以为安替·奈丽①是她的名字。

她住在贫民区一栋石砌的工厂公寓的套间里,上下各一间屋子。室外厕所和另两栋房子的住户共用。厕所很干净——室外厕所应该很干净——里头有一张女王伊丽莎白二世年轻时身穿军装的照片。有人在墙上涂鸦"上帝保佑她"。

奈丽阿姨与他人共用厕所,不过她有自己的室外水龙头,屋内有烧煤的铁灶,灶上摆着一只硕大的锡壶,她还有一个

---

① 奈丽(Nellie)是名字,但因大家都叫她 Auntie Nellie,作者便误以为安替·奈丽是她的名字。

沉甸甸的大熨斗。我们猜她仍在用这个熨斗烫衣服,到了晚上则把它放在床上暖床。

她未婚,罗圈腿,卷发,瘦得像从来没吃饱过,从没见她脱下过那件大衣。

那些女人来为她入殓时,得剪开她的大衣扣子才能将衣服脱下,她们说,与其说那是件花呢大衣,还不如说是片波纹铁皮。

我们这才发现她穿着羊毛内衣,包括紧身背心、羊毛长袜和一条用零碎布料拼接而成的衬裙——我想多年来她一直在又缝又拆吧。她的脖子上系着一条厚厚的男士丝巾,之前被大衣盖住了,而那条围巾价值不菲,引人猜疑——她有情人吗?

如果有,那一定发生在战争期间。她的朋友说,战时每个女人都有情人——无论已婚的还是未婚的,那时就是那样。

不管当时或者从前情况如何,如今她戴着丝巾,穿着内衣和大衣,便再没别的了。没有连衣裙,没有半身裙,没有衬衫。

我们猜想是不是她最近病得太厉害,才没法穿戴整齐,虽然她依旧往来于教堂和市场。没有人知道她的年纪。

这是我们第一次有人去到她家楼上。

狭窄的房间空空荡荡,一扇很小的窗户钉着报纸保暖。

地板上有一条碎布地毯，是自己用碎棉布缝制的毯子，感觉很粗糙，铺在地上犹如一条垂头丧气的狗。

屋里有张铁制床架，放着一条网格状鸭绒被，只填充了一只鸭子的羽毛的那种被子。

有一把椅子，上面放着一顶落满灰尘的帽子。有一只夜里用的便桶。墙上有一张奈丽阿姨年轻时的照片，她身穿黑白波点连衣裙。

有一个衣柜，里头有两套补过的干净内衣和两双厚羊毛长袜。包在牛皮纸里挂起来的，就是那条波点连衣裙。裙子袖根里缝了两块吸汗垫，体香剂出现以前人们常这么做，晚上回家只用把吸汗垫和长袜一起洗掉。

我们看了又看，但没有什么可看了。奈丽阿姨总穿着大衣，因为她没有衣服。

女人们清洗她的身体，为她穿上那条波点连衣裙。她们教我怎么做能让遗体好看些。那不是我见过的第一具遗体——我曾坐在死去的外婆身边吃果酱三明治，在二十世纪六十年代的北部，灵柩敞着在家里放了三天，没人会在意。

然而触碰遗体的感觉很奇怪——我仍旧觉得奇怪——遗体的皮肤变化相当快，所有部位都收缩了。但我不愿将所爱之人的身体交给陌生人清洗和穿衣。这是你能够为某个人做的最后一件事，你们能够一起做的最后一件事——两人都身在其中，一如从前。不，这不该由陌生人来做……

奈丽阿姨不可能存下钱来。每周两次，她会把邻里所有的小孩们叫来，把楼下的那间屋子挤得满满当当，她会煮洋葱汤或土豆汤，每个小孩都带着自己的杯子，她从炉灶上舀汤给孩子们。

她教他们唱歌，给他们讲圣经故事，三四十个骨瘦如柴、饥肠辘辘的孩子在屋外排队，有时还带来一些妈妈给的东西——小面包或太妃糖——大家一起分着吃。他们都长虱子。他们都爱她，她也爱他们。她把自己那处阴暗潮湿的、只有一扇窗、墙壁黑乎乎的小屋叫作"阳光角落"。

那是我学到的爱的第一课。

我需要爱的课程。我仍旧需要，因为没有任何事比爱更简单，没有任何事比爱更困难。

无条件的爱是孩子应该期望从父母那里得到的爱，虽然很少事如人意。我没有得到那种爱，我是个很紧张、警惕的孩子。我也是个小暴徒，因为没有人能将我打倒或看到我哭泣。我在家无法放松，有他人在场时无法自在地遁入独处的放空世界。因为在厨房游荡的亡灵,乔装成灵体的老鼠,突如其来的阵阵钢琴声,偶尔露面的左轮手枪,山脉一般笼罩不去的母亲,还有可怕的就寝时间——如果爸爸上夜班,她会躺在床上,这代表整夜亮着灯读末世预言——天启本身就在不远处,哎,家真算不上一个可以放松的地方。

大多数孩子小时候过圣诞节,都会为爬下烟囱的圣诞老人留一些礼物。我以前为天启四骑士①做礼物。

"会是今天晚上吗,妈妈?"

"别问丧钟为谁而鸣。"

温特森太太性格里没有抚慰人心的成分。向她寻求安慰,绝对得不到回应。我从没问过她是否爱我。在她还能够爱的日子里,她爱过我。我由衷相信这是她能力之至了。

如果在你还小的时候,爱不可靠,你就会以为爱的本质——它的特征——就是不可靠。儿女在长大以前不会挑父母的不是。起初,你得到的爱就是你确定的爱。

我不知道爱可以有持续性。我不知道人的爱可以依赖。

---

① 见《启示录》,世界终结之时,将有羔羊揭开书卷的七封印,唤来分别骑着白、红、黑、灰四匹马的骑士,即天启四骑士,将战争、饥荒、瘟疫和死亡带给接受最终审判的人类,随后世界毁灭。

温特森太太的上帝是《旧约》中的上帝,他要求"儿女"绝对的爱,却满不在乎地淹死他们(挪亚方舟),试图杀掉激怒他的人(摩西),还容许撒旦毁灭最正直的人(约伯)的一切。也许效仿这样一位神,对爱有害。

没错,在与人类的关系中,上帝改变形态,也有所改进,但温特森太太不是个爱交流的人;她不喜欢人类,她从未真正改变或改进。她总是击垮我,再做个蛋糕,与我重归于好,常常在将我锁在外面的隔天晚上,带我去炸鱼薯条店,我们坐在长凳上吃包在报纸里的炸鱼薯条,看着人来人往。

我一生大多时候的行为也差不多是如此模式,因为这是我学到的爱。

加上我本身的狂野和激烈,爱变得很危险。我从不服用毒品,我服用爱——疯狂而无所顾忌的那一种爱,损伤多于治愈,心碎多于健全。我争吵,殴打,隔天又设法重归于好。我片字不留地离开,毫不在意。

爱是鲜明的。我从不要苍白的那一种。爱是用尽全力。我从不要稀释的那一种。我从不躲避爱的巨大,但我浑然不知爱可以像太阳一般可靠。日常升起的爱。

奈丽阿姨将爱煮进汤里。她不想要感谢,她不是"做善事"。每周二与周四,她用爱喂养所有能找来的孩子,纵使天启四骑士拆毁室外厕所,长驱直入那间石头地板的厨房,他们也会分得羹汤。

我有时会去她的小屋,但我不曾思量她所做的事。直到后来,很久以后,我设法重新学习爱,才开始回想那种单纯的持续性及其意义。假如我有孩子,可能会更早理解,但也可能会用自己被伤害的方式去伤害我的小孩。

学习爱永远不迟。

但它令人害怕。

在教会,我们每一天都听到爱,有一天,祈祷会过后,一个比我年长的女孩亲吻了我。那是我第一次感受到认可与欲望的瞬间。那年我十五岁。

我坠入爱河——还能怎么办?

我们和所有罗密欧、朱丽叶年纪的小孩一个样——到处闲逛,秘密约会,上学时传纸条,讨论我们如何私奔去开一家书店。我们开始在她家一起睡,因为她的母亲上夜班。后来有一晚,她来沃特街和我过夜,这很不寻常,温特森太太讨厌访客。

但海伦来过夜了,晚上我们同床共枕。我们睡着了。我母亲打着手电筒走进来。我记得我们脸上被光束照亮醒过来，那光束如同汽车大灯，从海伦脸上扫到我脸上。光束沿着窄小的床横掠而过，照向窗外，仿佛发出信号。

那的确是个信号。那是世界末日的信号。

温特森太太是末世主义者。她相信末世，并为之排演。我们在家中的情绪状态总是濒临边缘。事情通常是最终裁决。事情总是无可挽回。抓到我偷钱时，她说："我绝不会再信任你了。"她就不信任了。知道我写日记时，她说："我从不对我妈妈藏秘密……但我不是你妈妈，对吧？"此后她再也不是了。我想学习弹她的钢琴时，她说："等你放学回来，我已经把琴卖了。"她卖了琴。

然而躺在床上，假装看不见手电筒的光，假装熟睡，再把自己埋入海伦的气息中，我就能相信什么事都没有发生——因为真的没有。当时没有。

我不知道她让海伦过夜是为了寻觅证据。她拦截过一封信。她见过我们牵手。她见过我们四目交接的样子。她思想腐化，容不得我们创造的干净自由的天地。

隔天早晨，她一言不发，就这么持续了一阵子。她很少对我说话，常遁入她自己的世界。风平浪静，有如空袭前夕。

然后空袭爆发了。

那是一次平常的主日晨祷。我迟到了一会儿。我注意到每个人都在看我。我们唱歌，祈祷，随后牧师说教友中有两个人犯下了可憎的罪。他念起《罗马书》第一章第二十六节的文字："女人把顺性的用处变为逆性的用处……"

他一开口，我就知道会发生什么事了。海伦泪如雨下，跑出了教堂。我被告知跟着牧师走。他很有耐心。他很年轻。我觉得他不想找麻烦。但温特森太太想找麻烦，她背后还有足够多的保守派支持。驱魔仪式来临了。

谁都无法相信，虔诚如我，竟会发生性行为——还是和一个女人——这只会是魔鬼作祟。

我说没有魔鬼。我说我爱海伦。

我的违抗是火上浇油。我根本不知道自己有魔鬼，然而海伦立刻指认出了她的魔鬼，她说是的是的是的。我为此恨她。爱是如此可有可无，所以才能如此轻易地被放弃吗？

答案是，是的。教会的人错就错在，他们忘了我小小的人生从一开始就预备着被人放弃。我出生时爱不曾紧握，如今它正撕裂。我不愿相信爱是这么脆弱的东西。我握得更紧，因为海伦放手了。

爸爸不会参加驱魔仪式，但他也没有试着阻止。他在工厂加班，是母亲让老教友们来家里做祈祷和驱魔仪式的。他们要祈祷——我要弃绝魔鬼。他们完成了他们该做的。而我没有。

魔鬼理应蹦出来，或许会放火烧窗帘，或许会飞进狗的身体，令它口吐白沫，不得不将它扼死。我们时不时听说有魔鬼栖居于家具。曾有一台住着魔鬼的收音电唱机——可怜的女主人每次试图调到"赞颂之歌"频道，都只能听到狂乱的喀喀声。真空管被送去祈福，重装回收音机后，魔鬼消失了。这也可能是焊接出了问题，但没人提到这一点。

魔鬼使食物变质，潜伏在镜子里，驻留在藏污纳垢的人群中——酒吧和投注站——他们还喜欢肉铺。因为他们嗜血……

当我被锁在窗帘紧闭的客厅，一连三天没有食物和暖气时，我很确定自己没有魔鬼。他们轮番来为我祈祷，每次只准我睡不多的一会儿，三天后，我开始相信地狱盘踞在我心里。

这场考验的尾声，由于顽固不化，我遭到一位老教友多次殴打。我怎么还不明白，我败坏了上帝对正常性关系的计划？

我说，我母亲不愿意跟我父亲同床——这是正常的性关系吗？

　　他推我跪下忏悔所说的话，我感觉到他西装裤里鼓鼓囊囊的。他想要吻我。他说这比和女孩接吻要好，好得多。他把舌头伸进我嘴里。我咬下去。血。流了许多血。一片昏黑。

　　我在自己小房间的床上醒来，这个房间是母亲得到一笔修缮卫浴间的补助金后，为我隔出来的。我爱我的小房间，但它不是避难所。我感觉头脑清醒又清楚。这或许是强烈饥饿感所致，不过我确知该怎么做。我会听他们摆布，但仅仅是表面上照做。内心里，我会建立另一个自我——他们看不见的自我。就像那次焚书之后。

　　我起身。有食物。我吃掉。母亲给了我阿司匹林。

　　我说对不起。她说："骨子里的本性，总要渗进骨髓的。"

　　"你是说我妈妈吗？"

　　"她十六岁就跟男人跑了。"

　　"你怎么知道的？"

　　她没有回答。她说："你白天晚上都不准走出这屋子，除非你保证再也不见那姑娘。"

　　我说："我保证再也不见那姑娘。"

　　那天夜里我去了海伦家。屋内漆黑一片。我敲了敲门。

无人应门。我等了又等,过了一会儿,她从屋后绕了出来。她倚着粉刷得洁白的墙。她不愿看我。

"他们有没有伤害你?"她问。

"有。他们伤害你了吗?"

"没有……我把一切都告诉他们了……我们做过的事情……"

"那是我们的事,不关他们的事。"

"我非招不可。"

"吻我。"

"我不能。"

"吻我。"

"不要再来了。拜托不要再来了。"

我绕远路回家,以免不小心被谁看见我从海伦家过来。薯条店开着,我带的钱还够。我买了包薯条,坐在一堵墙上。

就这样了——不是希思克利夫,不是凯茜[①],不是罗密欧与朱丽叶,爱不是首尾相接如一条道路环绕世界。我以为我们哪里都到得了。我以为我们会是地图与地球,航线与罗

[①] "希思克利夫"和"凯茜"是英国作家艾米莉·勃朗特经典小说《呼啸山庄》中的一对恋人。

盘。我以为我们是彼此的世界。我以为……

我们不是爱人,我们是爱。

我对温特森太太说了这些——不是当时,是后来。她明白。对她说这些很要不得。正因如此我才要说。

而在那天夜晚,只有阿克灵顿、街灯、薯条、公共汽车和回家的漫漫路途。阿克灵顿的公共汽车漆成红、蓝、金——东兰开夏郡军团"阿克灵顿伙伴"的颜色,众所周知他们人少、英勇、注定要失败,他们在索姆河战役①中遭歼灭。公共汽车挡泥板依然漆成黑色,以示敬意。

我们必须记得。我们不能忘记。

"你会写信给我吗?"

"我不认识你。我不可以认识你。请不要回来。"

我不知道海伦遇到什么事。她跑去学神学,嫁给了一个正在接受传教训练的退伍军人。后来,我见过他们一次。她自鸣得意又神经质。他有施虐倾向且毫无魅力。不过我一定

---

① 1916 年 7 月 1 日到 11 月 8 日,英法联军与德军在法国索姆河地区交战,发起进攻的英法联军计划借此加快胜利。这是"一战"西线规模最大的战役,参战人数超过三百万,伤亡人数占三分之一,是战争史上最惨烈的战役之一。

会这么说的,是吧?

　　驱魔仪式后我进入一种缄默的苦闷状态。我常带着帐篷去菜地边上睡。我不想靠近他们。父亲不快乐。母亲很错乱。我们像是各自人生的难民。

七　阿克灵顿

我住在一条长长的绵延向上的街道，底端是小镇，尽头是小山。

小镇东倚哈梅尔顿山山脚、南临哈斯灵登丘陵，三条溪流分别自山间向西、向北、向西北而下，于老教堂附近汇合，再朝西流向海恩德本。小镇沿克利瑟罗通往哈斯灵登及南部之路攀升，南接惠利路、阿比街与曼彻斯特路。

——威廉·法勒、J. 布朗比尔（编）《兰开斯特郡史：第六卷》[①]，一九一一年

[①] 本系列图书属于启动于1899年的"维多利亚郡县史"项目，是讲述英国本地历史最宏大的出版项目，试图对英国自古至今的土地和人民的情况做出百科全书式的记录。兰开斯特现往往指兰开夏郡的一城市名，历史上也曾用作该郡名。

最早提及阿克灵顿的文献是《末日审判书》[1]，它似乎曾是橡树环绕之地。该地土质多为重黏土，适于橡树生长。土地是粗草牧场，可以牧羊，但不适于耕种，与兰开夏郡其他地区一样，阿克灵顿以棉花为主业。

一七六四年发明珍妮纺纱机的詹姆斯·哈格里夫斯原为兰开夏郡的文盲，他在阿克灵顿受洗并结婚，不过他的故乡是奥斯沃尔特威斯尔（发音为"奥兹尔－特威兹尔"）。珍妮纺纱机的效率相当于八台纺车同时开工，它是兰开夏郡动力织布机真正的开端，也标志着兰开夏郡开始掌握世界棉花贸易。

奥斯沃尔特威斯尔是出阿克灵顿后沿路上的第一个村落，传说那里出弱智和蠢材。我们叫它"煤块村"。我小时候，那里有个狗饼干工厂，穷孩子们常在工厂外徘徊，等着一袋袋饼干边角料。往狗饼干上吐口口水，再蘸一点糖霜，吃起来就是正常饼干的味道。

在女子文法学校，学校总吓唬我们，说将来搞不好得进煤块村的狗饼干工厂干活。这没能阻挡家境较差的女孩们带

---

[1] 英王威廉一世1086年颁布的土地调查清册，又名《最终税册》。

狗饼干到学校。问题是那骨头形状太容易露馅儿，有一阵子学校还定了条规定："禁止带狗饼干。"

我母亲很势利，她不喜欢我跟奥斯沃尔特威斯尔来的狗饼干女孩来往。说到底，她不喜欢我和任何人来往，而且她总说："我们蒙召分开。"说的好像是与任何人、任何事分开，除了教会。在一个人人熟识彼此的北部小镇，分开可是一件一刻不得闲的差事。但我母亲需要一种消遣。

我们途经伍尔沃思商店，她说："藏污纳垢。"经过马莎百货——"犹太人杀了基督①"。经过殡仪馆和馅饼店——"他们共用一个炉子"。经过饼干摊和圆脸的摊主们——"乱伦"。经过宠物店——"兽行"。经过银行——"高利贷"。经过公民咨询处②——"共产党"。经过日间托儿所——"未婚妈妈"。经过理发店——"虚荣"。经过当铺，母亲曾想在那儿当掉她多余的纯金假牙，最后走进一家名叫"宫廷"的小餐馆吃焗豆吐司。

母亲很喜欢去"宫廷"吃焗豆吐司。这是她的奢侈享受，她平日里存钱，以便在集市日和我去餐馆。

阿克灵顿集市是个嘈杂的大市场，室内室外都有摊位，

---

① 马莎百货创始人之一迈克尔·马克斯出身于白俄罗斯一户犹太家庭。
② 英国免费为公民提供法律咨询服务的机构。

堆满脏兮兮的土豆和饱满的卷心菜。有些摊位卖家用清洁剂，拿桶盛着，没有包装，要买几瓶漂白剂、几罐烧碱就用自己带的容器装。有个摊位只卖海螺、螃蟹和鳗鱼，还有一个卖纸袋装的巧克力饼干。

在集市上你可以刺青，可以买金鱼，还可以用美发厅一半的价格剪头发。摊贩高声地讨价还价："我不给你一个，我不给你两个，我收一个的价钱给你三个。你说啥呀，太太？两个的价钱要七个？你有几个小孩啊？七个？你老公知道吗？啥？都是他的错。老公真有福气啊。那就给你吧，我死的时候要为我祷告啊……"

他们还会展示商品："这个能扫——地！能吸——尘。它能把窗帘顶上跟烤箱背后都收拾干净……全都吸进管嘴里了。说啥，太太？你不喜欢我这管嘴的样式？"

阿克灵顿第一家超市开张的时候都没有人去，因为那里的价格或许低，却是定死的。市场里头没一样东西开固定的价格，你尽管砍价。这是乐趣之一，乐趣就在日常的剧场里。摊位是他们各自表演的舞台。就算手头拮据，不得不等到快收市才去买食物，你也能在集市上逛得愉快。那里有你认识的人，那里有东西可看。

我不怎么喜欢超市，我也讨厌在超市购物，哪怕那儿有别处买不到的东西，比如猫粮和垃圾袋。我不喜欢超市，很大一部分原因在于它少了勃勃生气。当今生活之沉闷淡薄不仅在于乏味的工作与无聊的电视；还在于大街上失去了勃勃生气；闲话，偶遇，忙乱喧嚷的日子，每一个人都有立足之地，无论贫富。如果家中无力负担暖气，不妨走进集市大厅，迟早会有人请你喝杯茶。那时候就是这样的。

温特森太太不喜欢让人看见她淘便宜货——她把这事儿留给我爸做，自顾自走去"宫廷"餐馆。燠热的窗内，她坐在我对面，边抽烟边思考我的未来。

"你长大后要当个传教士。"

"我去哪里呢？"

"离开阿克灵顿。"

我不明白她为何这样厌恶阿克灵顿，但她就是如此，却又不曾离开那儿。我离开的时候，仿佛既解脱了她，同时也背叛了她。她渴望我得到自由，又竭尽所能不让此事发生。

阿克灵顿知名的事物不多。那里有全世界最糟的足球队，阿克灵顿斯坦利，还藏有大量蒂芙尼玻璃制品，由约瑟夫·布里格斯捐赠，他是一名成功离开的阿克灵顿人，在纽约蒂芙尼公司工作，成名致富。

如果说有一些纽约的东西来到了阿克灵顿，那么从阿克灵顿去往纽约的要多得多。阿克灵顿稀奇古怪的东西不少，曾经制造出全世界最坚硬的砖头——重黏土中含有铁矿，这给了砖块标志性的鲜红色以及卓越的硬度。

这种砖头被称为"诺里（Nori）砖"，因为有人说它们坚硬如铁，还将"铁（iron)"的字样印在砖上，不慎印颠倒了，于是它们成了诺里砖。

无数的诺里砖被运往纽约，用来给一千四百五十四英尺高的帝国大厦打造地基。想想《金刚》，再想想阿克灵顿。是诺里砖在支撑着大猩猩摇晃费伊·雷[①]。我们以前在镇上的小电影院特别放映《金刚》，那里也常常放关于砖头的新闻片。我们这里没有人去过纽约，但大家都觉得这个全世界最现代的都市的成功有自己的一份功劳，世界最高的建筑站在阿克灵顿的砖头上。

这种著名的砖头在国内也很有活力。包豪斯派建筑师瓦尔特·格罗皮乌斯用诺里砖建造了他在英国唯一的住宅——伦敦切尔西区老教堂街六十六号。

与帝国大厦不同，没什么人重视格罗皮乌斯的作品，但

---

① Fay Wray（1907–2004），加拿大女演员，在1933年的电影《金刚》中担任女主角。

这个作品是尽人皆知的。阿克灵顿也有让我们引以为豪的事。

纱厂与棉纺业赚得的钱建了集市大厅、市政厅、维多利亚医院、技工学院，以及后来的公共图书馆的一部分。

如今要拆毁图书馆看上去十分容易——大体上只要搬走所有的书，再说一句：书籍和图书馆与人们的生活无关。关于社会崩解和疏离的讨论很多，然而当我们的进步观中摒除了这些曾在联结人们的过程中作用良多的中枢，社会又怎可能是别的面貌？

在北部，人们曾相聚在教堂、酒吧、市场以及那些供他们继续接受教育与发展兴趣的慈善机构。到如今，可能酒吧还在，但基本上没什么东西留下了。

图书馆是我通往他处之门。也有别的门——不是公立的，也未经装饰，是低矮而隐秘的。

阿克灵顿的高架桥下有一家卖杂物旧货的二手商店，它是十九世纪旧货店最后的同类。店里收旧货的车子几乎每周都会走街串巷，大家把不要的东西扔到车上，再讨价还价把想要的东西带回家。我一直都不知道那个旧货商的名字，他有一条小小的杰克拉西尔梗犬，名叫尼普，站在货车顶上，吠叫着守卫货物。

高架桥下是一扇监狱等级的厚重铁门。进去后，会走过一条干枯的通道,里头挂着半死不活的马毛床垫。旧货商把它们像生肉一样挂在肉钩上,钩子卡在钢制弹簧里。

继续走,通道尽头是一间朝你脸上喷气的小房间。烟气来自一个火炉,它愤怒地喷射着一股火气,旧货商用以取暖。

他的店会卖那种战前时代婴儿车,轮子有磨石那么大,配有钢制框架的帆布车篷。帆布已经发霉破损,有时他会在车篷底下搁一个瓷头娃娃,它的眼睛上了釉,目光狠毒而警觉。他的店里有几百张椅子,大多缺了条腿,像枪战中的幸存者。他有生锈的金丝雀鸟笼、秃毛的动物玩偶、针织毛毯和滚轮手推车。还有锡浴盆、洗衣板、轧布机和便盆。

如果从维多利亚时代流苏落地灯和百衲被当中开出一条路,如果从掉了门板的胡桃木餐柜和砍去半截的教堂长凳下方爬过去,如果能够收胸缩肚穿过干热闷气、依然能染上结核病的寝具墓堆和如幽灵般挂起的床单——这些床单原为一排排失业者所有,他们卖掉家当,睡进麻袋里——每一条床单都凄惨地流着汗,然后,如果能够从仅剩一轮的儿童三轮车、鬃毛掉光的竹马和绑着肮脏的交叉皮绳、漏了气的皮革足球中间挤过去,就会来到图书区。

一九二三年的《话匣子年鉴》。一九一五年的《黑脸娃娃新闻》。一九一一年的《男孩帝国》。《女孩帝国》……

一九一三年的《星界》。《如何养牛》。《如何养猪》。《如何养家》。

我爱这些书——生活如此简单,你决定自己想养什么:家畜、宅地、妻子、蜜蜂,然后书告诉你怎么做。这增进了信心……

在这些东西之中,宛如火中荆棘①的,是狄更斯、勃朗特姐妹、沃尔特·司各特爵士的作品全集。它们很便宜,我买了下来——放工后,潜入他杂乱的储藏室,知道店会开着,某一台收音电唱机播放着古老的歌剧唱片,唱机上安的是胶木旋钮,唱臂自动降下,触碰旋转着的黑胶唱片表面。

  失去你,生命于我有何意义?
  倘若你死去,还剩下什么?
  生命失去你,又有何意义?
  失去所爱,生命有何意义?
  欧律狄刻!欧律狄刻!

歌手是凯瑟琳·费里尔②,这位女低音生于布莱克本,

---

① 出自《出埃及记》第三章,神在燃烧的荆棘中向摩西显现。
② Kathleen Ferrier(1912–1953),英国著名女低音歌唱家,其歌唱剧目既包含民歌民谣,更有巴赫、勃拉姆斯、马勒的经典曲调,因癌症英年早逝。

距离阿克灵顿五英里。她曾是一名电话接线员,在歌唱比赛中获胜,后与玛丽亚·卡拉斯①齐名。

温特森太太在布莱克本市政厅听过凯瑟琳·费里尔演唱,她喜欢用钢琴弹奏凯瑟琳·费里尔的歌曲。她常以自己的风格唱那首出自格鲁克②《俄狄浦斯与欧律狄刻》的著名咏叹调——《失去你,生命于我有何意义》。

我们没有时间关心死亡。战争加上天启再加上永生,使死亡变得荒谬。死或生。只要你有灵魂,这个问题有什么要紧。

"爸爸,你杀了多少人?"

"我不记得了。二十个吧。我用刺刀杀了六个。子弹都给了军官——没给我们——他们说:'我们没子弹,捆上你们的刺刀。'"

诺曼底登陆。我爸活了下来。他的朋友们无一幸免于难。

在前一次战争,第一次世界大战中,基钦纳伯爵③相信,呼朋唤友参军,战斗力更强。阿克灵顿最终派出七百二十人——"阿克灵顿伙伴"——前赴法国塞尔。他们在我家那条街尽头的山丘上受训,出征当英雄。一九一六年七月一日,

---

① Maria Callas (1923–1977),著名美籍希腊女高音歌唱家,被誉为 20 世纪"歌剧女王"。
② Christoph Willibald Gluck (1714–1787),德国歌剧作曲家。
③ Horatio Herbrt Kitchener (1850–1916),第一代基钦纳伯爵,英国陆军元帅。

索姆河战役将他们送上前线,一排排坚定前行,毫不动摇,倒在德军的机枪扫射之下。五百八十六人死伤。

旧货店里,我们坐在收音电唱机旁。旧货商给我看一首诗,讲述的是一名死去的战士。他说诗是威尔弗雷德·欧文所写,那是一位一九一八年阵亡的年轻诗人。现在我知道诗的开头,当时不知道……但我无法忘怀结尾……

而他眼中 / 寒星照耀,久远而荒凉 / 在不同的天空。①

我常常夜晚在外——在回家途中或被锁在门外——因此花了许多时间仰望星星,思索在阿克灵顿以外的地方,它们看起来是否相同。

我母亲的眼睛好像寒星。她属于不同的天空。

有时候,她整夜不睡,等待街角小店清晨开门,再回家做牛奶蛋羹。牛奶蛋羹的早晨令我紧张。我放学回家,家里不会有人——爸爸上班,她搞失踪。于是我会绕到后巷,翻过墙,看看她有没有开着后门。如果她是搞失踪,通常会留

---

① 引自《我看见他双唇血红》(*I Saw His Round Mouth's Crimson*),诗作描写一名在"一战"中口吐鲜血、战死沙场的士兵。

个门,牛奶蛋羹用布盖着,布上放一点钱,让我去店里买个馅饼。

唯一的问题是,门都锁上了,也就是说我带着馅饼回来时得再爬一次墙,并期望翻墙时不会把饼压碎。洋葱土豆馅的我自己吃,洋葱肉馅的留给爸爸回家吃。

街角小店的人向来都知道她搞失踪。

"她明天会回来的,康妮会的。她每次都回来。"

说得没错。她每次都回来。我从没问过她去了哪里,至今仍不知道。我也从没吃过牛奶蛋羹。

阿克灵顿的街角小店相当多。他们在一楼门面房开店,自己住在楼上。有面包店、馅饼店、蔬菜店,还有卖罐装糖果的店。

最好的那家糖果店是两位女士开的,她们可能是、也可能不是情侣。其中一位很年轻,较年长的那位常年戴一顶羊毛巴拉克拉法帽——不是遮盖全脸的那种,但仍算是巴拉克拉法式的帽兜。她嘴上汗毛浓密。那年头很多女人都留着嘴上的汗毛。我从没见过有谁剃毛,我自己也未曾想过除毛的事,直到我以几近狼人的面貌出现在牛津。

我猜想母亲看过一九六八年的电影《修女乔治的双重生

活》，剧中贝丽尔·里德饰演一个吵吵嚷嚷的男性化女同性恋，她百般虐待她那名叫蔡尔迪的年轻金发女友。那是一部引发讨论的杰出电影，但凭它还不至于说服温太太赞成同性恋者权利事业。

她爱去电影院，虽然这不受准许，虽然她也负担不起。每回我们路过欧迪恩电影院，她总要仔细地看看海报，有时候她搞失踪，我觉得她人在欧迪恩。

无论真相如何，后来有一天开始，我被禁止去那家糖果店。我大受打击，因为她们总会多给我果冻宝宝软糖。我为此缠着温特森太太，她说她们专搞一些违背自然的激情。当时我以为这说的是她们的糖果里有化学添加剂。

我同样喜欢却也被禁止前往的，是外卖酒铺，现在叫持牌酒铺，包头巾的女人们会拎着网兜上那儿去买瓶装的黑啤酒。

虽然我被禁止去这种店，但它们是温太太买烟的地方，她也常常派我去买，她会说："告诉他们是给你爸买的。"

那时候所有酒瓶都可以回收退押金，我很快便发现回收的瓶子都存在店铺后面的板条箱里，很容易就能抽一两个出来再"回收"一次。

外卖酒铺里满是污言秽语、谈论性事、押注赛犬的男男女女，再加上退瓶的意外之财以及禁令，使得去酒铺这件事格外刺激。

如今想来，我吃惊的是为何我走进外卖酒铺买香烟没有关系，但从那对快乐相守的女人那里拿多给的糖果却是做了错事，虽然其中一人常年头戴巴拉克拉法帽。

我认为温特森太太害怕快乐。耶稣应当是使人快乐的，但却没有，如果那人还在等待遥遥无期的天启，注定会感到失望。

她认为快乐意味着坏、错误、罪恶。或愚蠢至极。不快乐似乎与美德相连。

也有例外。福音营是例外，"皇家阿尔伯特"是例外，圣诞节也是。她爱圣诞节。

阿克灵顿的集市大厅外一直有棵大树，救世军团十二月的大半个月都在树下演奏圣诞颂歌。

圣诞时节，以物易物进行得如火如荼。我们家能拿去交易的货物，有从菜地摘下来的带茎的小圆白菜，包在报纸里用来做果泥的苹果，最好的是一年一度用院子里种的酸樱桃酿的樱桃白兰地，那些樱桃浸泡在通往纳尼亚的橱柜深处达半年之久。

我们用自家的货物去交换烟熏鳗鱼，那鱼酥脆得像磨碎的玻璃，还会换一颗用布包着蒸成的布丁——最正统的方式制作的布丁，硬得像一枚炮弹，以水果点缀，模样仿佛巨大的鸟蛋。一片片切开后布丁也不会散开，我们淋上樱桃白兰地，点上火，爸爸熄了灯，母亲把它端到客厅。

火焰照亮了她的脸。炭火照亮了我和爸爸。我们很快乐。

每年的十二月二十一日，母亲会戴上帽子穿上大衣出门——她不说上哪儿去——父亲则和我一起把我做的纸链悬挂起来，从客厅天花板檐口挂到中央的吊灯上。母亲回来时，样子像遭遇过一场冰雹，也可能那是她心头的天气。她带回一只鹅，一半露出袋子，鹅头耷拉在一边，如同一个无人能记起的梦。她交给我——鹅与梦——我拔掉它的羽毛，扔进桶里。我们留着羽毛，用以填塞任何需要重新填充的东西，存起刮出的厚厚鹅油，过冬时烤土豆用。除了甲状腺有问题的温太太，我们认识的每个人都瘦得跟雪貂一样。我们需要鹅油。

圣诞节是每年一次我母亲出门走进世界，且看起来世界不仅是一片苦海的时候。

她穿戴整齐，来参加我们学校的音乐会——这指的是穿起她母亲的裘皮大衣，戴上黑色羽毛做的发箍半帽。帽子和大衣大约是一九四〇年的，当时已是二十世纪七十年代，但她穿戴起来仍派头十足，她总是姿态优雅，况且整个北部二十世纪八十年代前都与时代脱节，没人注意时装。

音乐会抱负不凡：上半场是令人敬畏的乐曲，比如福雷的《安魂曲》或《圣安东尼颂歌》，需要合唱团和管弦乐队全员协力，通常还有曼彻斯特哈雷管弦乐团一两位独奏者加入。

我们有一位音乐老师在哈雷乐团演奏大提琴，她也是为电器所束缚的那一代女人，因束缚成了一半疯子一半天才。她希望女生们了解音乐——要歌唱，要演奏，要绝不妥协。

我们很怕她。她在校会上弹钢琴的话，会弹拉赫玛尼诺夫，她的黑发垂覆在施坦威钢琴上，指甲永远鲜红。

阿克灵顿女子中学的校歌是《现在让我们来赞扬那些著名的伟人》[①]，一所女校选这首作为校歌很糟，不过倒是助我成为一名女性主义者。著名的女人——确切地说，任何女人——在哪里，我们为何不赞扬她们？我暗自发誓，我要成

[①] 由英国作曲家拉尔夫·沃恩·威廉斯作曲的赞美诗，歌词出自《次经·西拉书》第四十四章，"伟人（men）"一词在英语中有"男人"之意。

名,要回来接受赞扬。

这似乎不太可能,我是个糟糕的学生,松散又难管,年复一年成绩不佳。我无法集中精神,许多东西也听不懂。

我只擅长一件事:文字。我比其他人读过更多文字,多得多,我深知文字如何发生作用,正如有的男孩熟知引擎如何运作。

那是圣诞节,学校里灯火通明,温特森太太穿着裘皮大衣、戴着羽毛帽子,爸爸洗完脸、刮好胡子,我走在他们中间,感觉一切正常。

"那是你妈妈吗?"有人问。

"基本上是。"我说。

过了几年,我在牛津大学第一学期结束后回到阿克灵顿,那天下着雪,我出了火车站,走在那条绵长的街道上,数着路灯柱。我快走到沃特街二百号时,未见其人,先闻其声,她背对面街的窗户,背影笔挺、庞大,用她的新电子琴弹奏着《萧瑟仲冬》,加了爵士连复段和铜钹音效。

我透过窗子看她。始终是透过窗子——我们之间有一道屏障,透明却实在——不过圣经上不是说了吗,我们仿佛对着镜子观看,模糊不清①。

她是我的母亲。她也不是我的母亲。

我按响门铃。她侧转过身:"进来,进来,门开着。"

---

① 典出《哥林多前书》13:12。

八　天启

温特森太太不是好客的人。有人敲门,她会沿门厅跑过去,拿拨火棍探出信箱口乱晃。

我提醒她,天使常常伪装而来,她说此言不虚,但他们不会穿克林普纶衣服伪装。

问题之一在于我们屋里没有卫生间,她为此感到羞愧。其实没有多少人家里有卫生间,但我不被准许带学校的朋友回家,以防他们想上厕所——这样他们就得走到屋外——然后发现我们没有室内卫生间。

实际上,这还是最小的事。对于不信教者而言,比起邂逅透风的室外厕所,更大的挑战还在厕所里等着他们。

我们家不准看书,我们却活在一个铅字的世界里。温特森太太写下许多劝诫文字,贴得满屋都是。

我的大衣挂钩底下钉了块牌子，上面写着："想想神（GOD），而非狗（DOG）。"

煤气灶上方，一张面包包装纸上写着："人活着，不是单靠食物。①"

而在室外厕所，一进门正对着你的就是一张标语牌。若站着，你会看到："勿流连主的事。"

若坐下，则会看到："他将你里面如蜡熔化。②"

这是一厢情愿，母亲肠道不好。这与我们不可靠它活着的白面包片有关系。

我去上学，母亲会把圣经的摘句放进我的曲棍球鞋。我们进餐时，每个盘子旁边都摆着一个从应许盒里取出的小纸卷。应许盒是一种将圣经经文纸条卷起装于其中的盒子，有点像装着笑话纸条的圣诞彩包爆竹，不过更严肃些。小纸卷竖直插着，你闭上眼睛抽出一支。纸卷中的话可能是安慰人心的："你们心里不要忧愁，也不要胆怯。③"也可能是令人生畏的："父亲的罪孽报应在他后世子孙。④"

令人欣喜或引人消沉，全都是阅读，阅读就是我想做的

---

① 典出《马太福音》4:4。
② 典出《诗篇》22:14，原文为"我心在我里面如蜡熔化"。
③ 典出《约翰福音》14:27。
④ 典出《耶利米书》32:18。

事。以文字喂养，把文字当作走路的鞋，文字成了线索。一字一句，我知道它们会带我去往他方。

温特森太太唯一愿意应门的时候，是知道了摩门教徒会来访。那时她会等在门厅，在他们叩响门环之前猛地打开门，挥舞手里的圣经，警告说，他们将永堕地狱。这令摩门教徒困惑，因为在他们看来，由他们掌管着永堕地狱的人选。不过温特森太太是更适合担任这份工作的人。

偶尔，如果她心情友善，听到敲门声时，她不会去劳动拨火棍，而是派我从后门跑进巷子，在街角窥视是谁在门口。等我跑回来传信，她再决定是否放来者进门——这通常表示我去开门时，她得颇费些工夫喷灭蝇空气清新剂。到了此时，访客见无人应声便作罢，已经回头往街上走到半路，所以我得跑上前去带他们回来，而后母亲会装作又惊又喜。

我不介意，这样做使我有机会上楼读禁书。

我觉得温特森太太曾经博览群书。我约莫七岁时，她曾读《简·爱》给我听。这本书得到认可是因为书里有个牧师（圣约翰·里弗斯）一心只想传教。

温特森太太翻着书页大声朗读。桑菲尔德庄园一场大火，罗切斯特先生双目失明，然而在温特森太太朗读的版本中，简毫不关心她失明的情人；她嫁给圣约翰·里弗斯，他们共同投身传教事业。后来我终于自己读到《简·爱》，才发现母亲对故事做了什么手脚。

她做得如此高明，翻动着书页，以夏洛蒂·勃朗特的风格即兴创作。

我年纪稍大后，这本书就消失了——也许她不想让我自己读。

我想她应该是把书都藏起来了，就像她藏起所有东西那样，包括她的心。可我们的房子很小，我到处搜寻。我们在屋子里翻找不休，我们两人，是否在寻找彼此的证据？我想是的——她这么做，是因为我对她而言是致命的未知，她害怕我。而我这么做，是因为我全然不知自己缺少了什么，却感觉到了因缺失的存在而引起的缺失感。

我们绕着彼此打转，小心警惕，互相离弃，满心渴望。我们走近对方，却不够靠近，然后将对方永远地推开。

我确实找到了一本书，但我真希望不曾找到它；它被藏在高脚柜里一堆法兰绒布下面，是一本二十世纪五十年代出版的房中术手册，名为"如何取悦丈夫"。

这部骇人的巨著或许解释了为何温特森太太没有孩子。

书中有黑白图解、清单、诀窍，大部分姿势看上去都像一个叫"扭扭乐"①的折磨肉体的儿童游戏广告。

在我琢磨异性恋的恐怖时，我意识到自己无须为父亲或母亲感到遗憾；母亲没有读过那本书——或许翻开过一次，发现任务艰巨，就摆到一边。那本书平整崭新、完好无损。因此无论父亲的生活不得不缺失了什么，我也真的认为他们从未有过性生活，至少他不必与一手握住他阴茎、另一手举着手册的温太太共度夜晚。

我记得她告诉过我，他们婚后不久，父亲醉酒回家，她把他锁在卧室门外。他破门而入，她把婚戒从窗口扔进阴沟。他跑去捡。她搭夜班汽车去了布莱克本。这个例证说明了耶稣如何改善婚姻。

母亲给予我唯一的性教育是一道禁令："绝对不要让男孩碰你下面。"我不明白她的意思。她似乎指的是我的膝盖。

假如我爱上的是男孩而非女孩，事情会不会好一些？也许不会。我进入了她的恐惧之地——对身体的惧怕，对婚姻的彷徨，她的母亲因丈夫的粗鲁和风流所受的屈辱。性令她

---

① 一种身体技能多人游戏，游戏包含一张印有四种颜色色块的塑料地毯和一个轮盘，由裁判转动轮盘，玩家按照轮盘指针指示，将某一只手或脚压在地毯相应色块上，倒地者淘汰。

厌恶。而今，当她看到我，就看到了性。

我做了保证。反正海伦也已经走了。不过我成了一个希望能与某人裸裎以对的人。我成了喜爱肌肤、汗水、亲吻与高潮感觉的人。我想要性，我想要亲密。

无可避免地会出现另一个爱人。她知道。她监视着我。无可避免地，她迫使此事发生。

我考完 O-Level[①] 考试，结果很不理想。我四科未过，五科通过，我就读的学校关门了，更确切地说，改成了一所没有六年级的综合中学。这是工党政府教育政策的一部分。我可以继续去一所技术学院修读 A-Level 课程，温特森太太牢骚了几句，还是同意了，条件是我得在平日晚上及周六去市场打工，拿些钱回家。

我很高兴能逃离中学，有全新的开始。没有人觉得我会有什么出息。我内心燃烧的地方，在他们看来像是愤怒与麻烦。他们不知道我读过多少本书，也不知道漫漫长日我独自在山上写了些什么。我在山顶俯瞰小镇，希望能比任何人都看得更远。这并非傲慢。这是欲望。我满怀欲望，对生命的

---

①全称是 General Certificate of Education Ordinary Level，是英国的中等教育普通程度证书，1988 年由新的"普通中等教育证书"（GCSE）所取代。

欲望。

我很孤独。

温特森太太成功了：她自己的孤独无法打破，开始把我们全都围在其中。

那是夏天，每年去布莱克浦度假的时节。

度假的行程是坐长途汽车去这座著名的海滨小镇，然后在小巷的寄宿公寓里住一星期——我们负担不起海景房。母亲白天多半时间坐在折叠躺椅上，读关于地狱的煽情文学，父亲则四处散步。他喜欢散步。

晚上我们一起去老虎机前赌博。这不能算真正的赌博。如果我们赢了钱，就买炸鱼薯条吃。

小时候这一切都令我快乐，我认为在那短暂无忧、一年一度、为期一周的假期里他们也很快乐。但我们的生活已经变得更加黯淡。自前一年的驱魔仪式后，我们都病了。

母亲开始连续数日整天躺在床上，要求爸爸睡在楼下，因为她说自己正在呕吐。

后来她一阵阵地发狂，日夜不睡，编织，烤糕点，听收音机。爸爸去工作——他别无选择——但他不再制作小玩意了。他以前常用黏土做小动物，上班时把它们放在窑里烧。

现在他沉默寡言。没人讲话。然后到了度假的日子。

我的月经停了一阵子。我得了腺热，感到疲惫不堪。我喜欢去技术学院，喜欢在市场打工，但我每晚要睡十个钟头，我第一次出现幻听，但不是唯一一次，我能清楚地听到声音，并非我脑中的。也就是说，那些声音出现在我脑袋外面。

我请求留在家中。

母亲一言不发。

出发的那天早晨，母亲打点了两个行李箱，一个爸爸的，一个她自己的，接着他们就动身了。我陪父母一路走到长途车站。我问他们要房门钥匙。

她说我一个人在家，她无法信任我。我可以待在牧师那里。已经安排好了。

"你没跟我说过。"

"我现在正在跟你说。"

长途汽车进站了。人们陆续开始上车。

"给我钥匙。我住在那里。"

"我们下周六回来。"

"爸爸……"

"你听到康妮说的了……"

他们上了长途汽车。

我当时正和一个还在念中学的女孩约会。我的生日在八月末，因此一直是同年级里最年幼的。这个名叫珍妮的女孩十月生日，所以是同级同学里较年长的。我们上学隔了一年，但年龄仅差两个月。她秋季就要到技术学院读书了。我很喜欢她，但不敢吻她。她深受男孩欢迎，还有个男友。但她想约会的人是我。

我跑去她家，告诉她刚才发生的事，她母亲人很和气，让我在他们停在屋外的房车里过夜。

我满腔怒火。我们出去散步，我把农场的一扇门从铰链处拉扯下来，扔进河里。珍妮伸出手臂搂住我。"我们闯进去。那是你家。"

于是那天晚上我们翻过后墙，跳进院子。爸爸在一个小棚子里放了些工具，我找到一根撬棍和一把羊角锤，撬开了厨房的门。

我们进去了。

我们像孩子一样。我们就是孩子。我们加热了一个弗赖·本托斯牌的牛肉馅饼——那时的包装是碟形扁罐——还打开了几个豌豆罐头。我们镇上有一家装罐厂，因此罐头食品很便宜。

我们喝了一些人人都爱的瓶装饮料,名叫沙士。它是一种黑色汽水,味道像甘草掺糖浆,装在没有商标的瓶子里,市场摊位上有卖。我一有钱就会买,也买给温特森太太。

屋子看起来挺漂亮。温特森太太常常在装潢。她精通测量和糊墙纸。爸爸的任务是搅拌糨糊,照她的指令裁剪墙纸,递给梯子上的她,好让她由上往下贴墙纸,再用大刷子抹平气泡。

自然,这项工作也有她标志性的风格。对她这个强迫症患者而言,做事情非得做完为止。

我回到家。她在梯子上唱着《抛碇于灵磐》。

爸爸想喝杯茶,他得去上班,不过不要紧,因为茶已经沏好,摆在灶上。

"你下来吗,康妮?"

"做完再下去。"

爸爸和我坐在起居室,默默地吃土豆肉糜。我们头顶上是壁纸刷飕飕拂过的声音。

"你不吃点儿什么吗,康妮?"

"别管我。我待会儿在梯子上吃个三明治。"

所以三明治得给她做好,拿过去,像在野生动物园喂食危险动物那样递上去给她。她坐在那里,裹着头巾以防墙壁的碎屑掉进她烫卷的头发，她的脑袋顶着天花板，边吃三明治边俯视我们。

爸爸出门上班。梯子在房间里挪了几次，她仍在上面。我上床睡觉，隔天早晨起身上学时，她还在那里，端着一杯茶，在梯子上。

她整夜都在那儿吗？还是听到我下来才回到上面？

总之起居室装潢过了。

我和珍妮都是黑眼睛，也都很较真，不过她比我更爱笑。她爸爸的工作很好，但他们家担心他会失业。她母亲也在工作，家里有四个孩子。她是长女。要是她爸爸真的丢了工作，她就得弃学从工。

我们认识的人个个都用现金，没有现金就是没钱了。借钱被视作自取灭亡之路。我父亲直至二〇〇八年过世都从未办过信用卡或借记卡。他有一个建屋互助协会的账户，仅仅用来储蓄。

珍妮知道她爸爸有一笔贷款，有个男人每周五都上门收钱。她很怕那个人。

我叫她别害怕。我说有朝一日我们将再也不用害怕。

我们牵着手。我想象着有一个自己的家会是什么感觉，在那里你可以自由来去，迎宾纳客，在那里你再也不用害怕……

我们听到前门被打开了。有狗在吠。起居室的门被猛地推开。两条杜宾犬奔进来,低吼着刨着地,接着后退了几步。珍妮尖叫起来。

杜宾犬后面跟着的是我母亲的弟弟——亚历克舅舅。

温特森太太断定我会回这房子来。她知道我会翻后墙进来。她付钱给一个邻居,请那人打电话到布莱克浦的寄宿公寓通知她。邻居看到我了,跑去电话亭,打到布莱克浦,与我母亲通话。母亲再打电话给她弟弟。

她厌恶他。他们之间除了厌恶再无其他。他继承了他们父亲的汽车生意,而她一无所得。看护她母亲,多年来照顾外公,为他煮饭洗衣,到头来她只得到一栋简陋的房子,没有一毛钱。而她弟弟拥有一间生意兴隆的修车厂和加油站。

他叫我出去。我说我不走。他说,只要他放狗咬我,我就会走。他言出必行。他说我忘恩负义。

"我跟康妮说过别去领养。你不知道自己会领来什么。"

"去死吧。"

"你说什么?"

"去死吧。"

啪的一声。他直接扇了我一巴掌。这下珍妮真的哭了。

我的嘴唇裂开了。亚历克舅舅气得面红耳赤。

"给你五分钟，我会再回来这里，我会让你宁愿自己从没出生。"

我从未想过从没出生，我也不打算为了他开始这么想。

他走了出去，我听到他上车发动引擎。我听得见引擎在转动。我跑上楼拿了些衣服，接着跑到"战备橱柜"跟前，抱出一堆罐头食品。珍妮把所有东西装进她的袋子里。

我们翻墙出去，这样他就看不到我们了。让他五分钟后冲进来对着空气吼叫吧。

我心里一股寒意。我心里一片麻木。我本可以杀了他。我本会杀了他的。我本会杀了他且毫无感觉。

我们在珍妮家时，她父母外出了，祖母在照顾小孩。家里的男孩都去睡了。我坐在房车地板上。珍妮凑过来，双臂环抱住我，然后她吻了我，真正地吻了我。

我当时在哭，我亲吻她，我们脱下衣服，钻进房车的小床。我记得，我的身体记得，身在某地且能够踏实地待在那里是什么感觉——不用警惕，不用担忧，头脑也不用记挂着别处。

我们睡着了吗？一定睡着了。汽车大灯的光线掠过房车。她父母回来了。我感觉自己心跳得厉害，然而那光线并非警告。我们很安全。我们在一起。

她的乳房很美。她整个人都十分美丽，双腿之间的三角地带长着浓密的黑色体毛，手臂上也有黑色汗毛，还有一道毛发从腹部延伸至阴毛。

清晨我们早早醒来，她说："我爱你。我爱你好久了。"

"我以前太害怕。"我说。

"别怕，"她说，"别再害怕了。"

她纯净如水，冷静，深沉，清澈见底。没有罪恶感。没有恐惧。

她把我们的事告诉她母亲，她母亲提醒她不要将此事告诉她父亲，也别让他发现。

我们骑上自行车。骑了二十英里，在一片树篱下做爱。珍妮的手上沾满鲜血。我的月经又来了。

第二天，我们骑车去布莱克浦。我去找母亲，问她为什么那么做。为什么把我锁在门外？为什么不信任我？我没有问她为什么不再爱我。"爱"不再是一个可以在我们之间使用的字眼。这不是一个爱或不爱的简单问题。爱不是一种情感；它是我们之间轰炸过后的废墟。

她看了看珍妮，又看了看我。她说："你不是我女儿。"

这没什么关系。现在说这话已经过了时效。我有自己的语言,那不是她的语言。

我和珍妮很快乐。我们去上学,每天都见面。我开始用一辆破旧的迷你车在一块空地上学车。我活在自己的书与爱的世界里。这个世界生动而完好。我再度感到自由——我想是因为我被爱着。我带了一些花给温特森太太。

我回去的那天晚上,那些花插在桌上的一只花瓶里。我定睛望去……是花茎插在瓶中。她剪掉了花冠,扔进尚未点燃的火炉里。火已准备就绪,那层匀整的黑色煤炭上,散落着小小的康乃馨洁白的花冠。

母亲沉默地坐在椅子上。我什么也没说。我环顾这窄小而整洁的房间、壁炉台上的黄铜飞鸭、壁炉座钟旁的黄铜鳄鱼胡桃夹子、炉火上方的升降衣架、贴着我们照片的餐柜。这是我生活的地方。

她说:"没用的。我知道你是什么样的人。"

"我觉得你不知道。"

"摸她。亲她。光着身子。一起上床。你以为我不知道你在做什么吗?"

好吧……就这样吧……这次不躲避了。没有另一个我。没有秘密。

"妈妈……我爱珍妮。"

"所以你把她压在身下……身体发烫，到处摸遍……"

"我爱她。"

"我给过你机会。你又和魔鬼混在一起了。我现在告诉你，你要么离开这间屋子别再回来，要么就再也别见那姑娘。我要告诉她妈妈。"

"她知道。"

"她什么？"

"她妈妈知道。她不像你。"

温特森太太沉默许久，然后哭了起来。"这是罪。你们会下地狱的。软弱的身体一路下地狱。"

我上楼，开始收拾东西。我完全不知道自己接下来要做什么。

我下楼的时候，母亲一动不动地坐着，双眼失神。

"那我走了……"我说。

她没有回答。我走出房间，走过昏暗狭窄的门厅，大衣都还挂在衣钩上。无话可说。我走到门口。我听见她在我身后。我转过身去。

"珍妮特，你能告诉我为什么吗？"

"什么为什么？"

"你知道什么为什么……"

可我不知道什么为什么……我是什么样的人……为什么我不能让她满意。她想要什么。为什么我不是她想要的。我想要什么，为什么想要。但有一件事我知道："和她在一起的时候，我很快乐。就是快乐。"

她点了点头。她似乎明白，有那么一秒钟，我真的以为，她会改变心意，我们可以交谈，我们会在那道玻璃墙的同一侧。我等着。

她说："可以正常的话，你为什么要快乐呢？"

九　英国文学 A 至 Z

阿克灵顿公共图书馆里各种书几乎都有一本。藏书中有一本格特鲁德·斯泰因一九三二年的《艾丽斯·B.托克拉斯自传》。

十六岁那年我按字母顺序才读到"M"字头的姓氏——莎士比亚不算,他不在字母表内,正如黑色不算一种颜色。黑色融合了所有颜色,而莎士比亚涵盖了所有字母。我读他的剧作和十四行诗,就像一个人每天早晨穿衣服一样。你不会问自己:"我今天要穿衣服吗?"(在那种没有好好换衣服的日子,你一定是心理或生理上不舒服,也就无力问这问题了——这稍后再谈。)

"M"字头有十七世纪诗人安德鲁·马维尔。自我在图书馆台阶上认识了T.S.艾略特之后,我决心将诗歌加入书单。

诗比散文更容易学。一旦学会了,就可以把它当作一缕光线,一束激光。诗显现出你的真实境况,并帮你穿透它。

马维尔写下了最美妙的英文诗之一——《致羞怯的情人》。那首诗这样开篇:"如果我们的世界够大,时间够多……"

世界够大,时间够多:我年轻,所以时间够多,但我知道我必须探寻世界——我连一间自己的房间都没有。

给予我莫大希望的,是这首诗的末尾几行。它是一首引诱的诗,这是其魅力所在,它也是一首生命的诗,鼓动并歌颂着爱与欲望,宣称欲望是对有限生命的挑战。

马维尔说,我们无法放缓时间,但我们可以追逐它。我们可以使时间奔跑。想想沙漏,时间之沙慢慢消逝的老生常谈,想想所有渴求不朽的浮士德式的愿望——但愿时间能静止,但愿我们能永生。

马维尔说,不,别管那些,掉转过来,尽你可能纵情而活。他就是这么说的,比我说的好得多:

> 让我们把所有力气,所有
> 甜蜜,滚成一个圆球,
> 粗鲁狂猛地夺取我们的快感
> 冲破一扇扇人生的铁门:

> 这样，我们虽无法叫太阳
>
> 驻足，却可使他奔跑向前。

把它大声读出来。看看马维尔在"太阳"之后断句有何效果。在那里断句促成一处细微的停顿，于是太阳确实驻足了——随后诗句向前飞驰。

我想："如果我不能也无法停驻在原地，那我将倾尽全力前行。"

我开始意识到我有人做伴。作家常常是流亡者、局外人、逃离者与漂流者。这些作家就是我的朋友。每一本书都是一封瓶中信。打开它。

"M"字头，凯瑟琳·曼斯菲尔德——唯一一位让弗吉尼亚·伍尔夫嫉妒的作家……不过我当时尚未读过弗吉尼亚·伍尔夫。

无论如何，我当时没有从性别或女性主义角度思考过问题，因为我除了知道自己是工人阶级以外，就没有更多的政治意识了。但我发现书架上的女性作家较少，相隔很远才有一位，当我想要阅读"关于"文学的书籍（这永远是个错误）时，没法不注意到那些书都是男人写的，都是关于写作的男人。

我没有为此伤脑筋；我处于溺水的危险中，在海上迷路的人绝不会伤脑筋去想抓住的桅杆是榆木还是橡木做的。

凯瑟琳·曼斯菲尔德，与劳伦斯和济慈一样罹患肺结核的作家，他们都让我对自己的慢性咳嗽感觉好过了些。凯瑟琳·曼斯菲尔德，其短篇小说的内容距离我十六岁的全部生活经验都很遥远。

而这正是关键所在。阅读贴近生活现实的题材，价值有限。毕竟，现实只是现实，因心之所向而生的满腔热血在那里得不到满足。这就是为什么阅读我们自身，仿佛一切既是现实也是虚构，会令人如此自在。读得越广博，我们就越自由。艾米莉·狄金森一生鲜少踏出马萨诸塞州阿默斯特的家门，然而当我们读到"我的生命站立——一杆上膛的枪"，我们便知道自己与一种想象相遇了，它点燃生命，而非点缀生命。

所以我继续读。我继续读着，路过我自己的地理与历史，路过弃婴故事与诺里砖墙，路过魔鬼与错误的婴儿床。那些伟大的作家不在远方，他们就在阿克灵顿。

阿克灵顿公共图书馆采用杜威十进制分类法，这表示图书经过细致分类，除了人人鄙夷的低俗小说。爱情小说每本贴有一张粉红色书标，不照字母顺序，统统丢在爱情小说书架上。海洋小说是相同的待遇，不过贴的是绿色书标。恐怖小说是黑色书标。文风蹩脚的推理小说贴白色书标，不过图书管理员绝不会将钱德勒或海史密斯归进推理小说——他们的作品是文学，正如《白鲸》不是海洋小说，《简·爱》也不是爱情小说。

幽默小说也有一个分区……贴着好笑的橙色波浪形书标。我永远也不会明白，在幽默小说书架上，为何或如何会出现格特鲁德·斯泰因，想必是因为她写了些看似毫无意义的文字……

好吧，也许她真的这么写，也常常这么写，不过基于某些原因这种风格意义不凡，总之《艾丽斯·B.托克拉斯自传》是一本令人愉悦的书，也是英语文学中真正具有开创性的时刻之一——如弗吉尼亚·伍尔夫一九二八年的《奥兰多》一样具有开创性。

伍尔夫将她的小说称作传记，而斯泰因书写他人的自传。这两位女性都瓦解了现实与虚构的间隔——《奥兰多》把现实生活中的维塔·萨克维尔-韦斯特当作主人公，斯泰因写的则是她的伴侣艾丽斯·B.托克拉斯。

当然，笛福称《鲁滨孙漂流记》是自传（斯泰因在书中提及此事),夏洛蒂·勃朗特则不得不说《简·爱》是传记,因为女性不应该老是编故事——尤其是那些道德观念大胆甚至不良的故事。

不过伍尔夫和斯泰因很激进,她们在虚构作品中使用真人,并混淆事实——《奥兰多》附有维塔·萨克维尔-韦斯特的真实照片,而艾丽斯·托克拉斯这个所谓的自传者,却是斯泰因的伴侣,并非作者……

我着迷于身份认同与自我定义,对我而言,这些书至关重要。阅读自己,仿佛自己既是现实也是虚构,是保持开放叙事的唯一方法——唯此一途可阻止故事照它自己的走向逃跑,通常那会引向没人想要的结局。

我离家那天晚上,感觉自己是受骗或者说被设计离开的——甚至不是被温特森太太所骗,而是被我们共同生活的黑暗叙事所骗。

她的宿命论如此强力。她是她自己的黑洞,吸进了所有的光。她由暗物质组成,她的力量隐匿无形,只能通过它的效应感知其存在。

快乐本该意味着什么?假如我们之间的一切是光明、清澈、美好的,快乐会意味着什么?

这从来都不是生物学问题，也不是先天禀性和后天培育的问题。我现在知道，我们能通过被爱与爱人得到治愈。我们无法通过建立自己的秘密结社——执着于唯一愿接纳的另一个人，注定失望——得到治愈。温特森太太是她自己的秘密结社，她渴望我加入。这是一条强制的教条，我生命中有很长一段时间背负着它前行。这当然是浪漫爱情的基础——你和我，对抗全世界。一个只有我们两人的世界。一个若我们不在其中便不存在的世界。然而当其中一人辜负另一人的时候……

而其中一人必将辜负另一人。

那夜出走，我渴望着爱与忠诚。我天性中广阔的向往必须钻过细细的瓶颈——进入"另一半"的概念，那个俨然孪生的人，与我如此相近却又不是我。柏拉图式的完整个体的分裂。我们终有一天会找到彼此——然后一切都会好起来的。

我必须得相信这件事，不然我该如何自处？然而我也在走向"尽得或尽失"的爱所招致的危险失败。

但不得不提，十六岁时，你真的没有多少选择。你带着你所有的一切离开。

但是……

总有一张万能牌。我的这张牌就是书。我拥有的，最主要的,是书给予的语言。一种讨论复杂性的方式。一种"让心弦得以保持对'爱'和'美'的灵锐感应[1]"(柯尔律治)的方式。

离家当晚,我走了大半夜。那一夜是慢动作度过的,黑夜比白昼缓慢得多。时间不是恒量,某一分钟与另一分钟的长度并不同。

我所在的这个黑夜长得延伸进我的生命。我出走,试图远离她抑郁的黑暗轨道。我试图走出她投下的阴影。我并非真的走向哪里。我只是走开,走向自由,至少看上去如此,但永远都带着黑影。离开心理的某处比起离开物理的某处,耗费的时间要长得多。

大约清晨四点至六点,我睡在滚木球草场上的亭子里,在十月穿破云层的阳光下醒来,已经冻得浑身僵直。我走去市场买了煎蛋和浓茶,然后带着我的几样东西上学校。

接下来的几天很艰难。珍妮的父亲已经认定他真的不喜欢我——我总是给朋友的父母这种印象——所以我没法睡在房车里。于是我只得睡进那辆学驾驶用的破旧迷你车里。

---

[1] 引自诗作《这椴树凉亭——我的牢房》(*This Lime-Tree Bower My Prison*),此处采用了杨德豫译文。

那是一辆很不错的迷你车，是教会一个怪男孩的车子，他父母上了年纪，不信教，溺爱孩子。他让我用这辆车，是因为他父母希望他自己有车开，而他不敢开车。我们俩约定把车开到珍妮家，停在街角。

要睡在车上，得有个计划。我的计划是坐在前座看书、吃东西，躺在后座睡觉。这样让我感觉自己还能保持平静。我把我的东西放在后备厢。几天后，我决定开车去镇上转转，虽然我还没有驾照。

我在市场帮人包装针织套衫，每周工作三个晚上，周六从早上八点做到晚上六点。我还在一个蔬果摊打工，赚钱买吃的、加油、去自助洗衣店。

每周六我和珍妮都上电影院，吃炸鱼薯条，在迷你车的后座做爱。然后她回家，我打着手电筒读着纳博科夫[①]渐渐入睡。读"N"字头作家的书令我不太愉悦。

我无法理解为何一个男人会如此厌恶成熟女性的身体。对我而言，去公共澡堂洗澡最棒的就是能够观看女人。我觉得她们很美，每个都很美。我这么做本身也是对我母亲的批评，她认为身体是罪恶与丑陋的。

---

① Vladimir Nabokov（1899–1977），俄裔美国作家，代表作有小说《洛丽塔》。

我算不上带着欲望观看女人。我爱珍妮，她是性感的，但看女人是一种看自己的方式，我想，也是一种爱自己的方式。我不知道假如我的欲望对象是男孩，事情会变得怎样，但我不想。我喜欢他们之中的某些人，但我不想要其中的任何一个。当时没有。如今仍未有。

有一天，我去预科学院上学，我们为准备考试正在读威尔弗雷德·欧文和《米德尔马契》①，我对纳博科夫心有不满。我觉得《洛丽塔》读来难受。这是头一次，文学感觉像是一种背叛。我问过图书管理员——他们通常可靠——她说她也不喜欢纳博科夫，许多女性都有这种感觉，但最好不要在有男有女的场合这么讲。

男人会说你偏狭，她说。我问她这是什么意思，她解释说就是从小地方来的人。我问她阿克灵顿是不是小地方，她说，不是，它比小地方更小。

于是我决定问问老师。

我有两位英文老师。主讲的那位是个性感的激进分子，他在我们一个同学终于年满十八岁时娶了她。他说纳博科夫

---

① 乔治·艾略特 1874 年出版的长篇小说。主人公多萝西娅·布鲁克是一名勇于追求的理想主义者，而市长之女罗莎蒙德天生丽质，却只有爱慕虚荣的世俗之心。

实在伟大,有朝一日我会懂的。"他恨女人。"我说,并未意识到这是我女性主义意识的开端。

"他恨女人转变后的样子,"这个偏激的人说,"这是不同的。在她们变成后来的样子之前,他都爱女人。"

接着我们为《米德尔马契》中的多萝西娅·布鲁克和令人反感的罗莎蒙德争论了一番,男人全都偏爱后者,想来是因为她尚未变成女人后来的样子……

争不出个所以然,于是我便和两个女生一起去跳蹦床,她们不操心多萝西娅·布鲁克或洛丽塔。她们只喜欢跳蹦床。

我们在蹦床上太吵闹,打扰到了英文系主任拉特洛太太。

拉特洛太太是一位中年女士,体形浑圆得像只毛茸茸的猫。她头发蓬松,涂紫色眼影。她穿红色涤纶套装和绿色褶边衬衫。她自负、令人生畏,同时又荒唐可笑。我们不是嘲笑她就是躲着她。不过她热爱文学。每当说到"莎士比亚",她总要低下头来,她在一九七〇年还真的坐长途汽车去埃文河畔斯特拉特福,观看彼得·布鲁克的"白盒子"传奇剧作《仲夏夜之梦》[①]。我猜,

---

[①] 著名英国戏剧和电影导演彼得·布鲁克1970年在莎士比亚故乡埃文河畔斯特拉特福导演《仲夏夜之梦》,该剧在一个设计成白盒子似的舞台演出,使用了大量高跷、空中飞人等杂技。

她是布罗迪小姐①那种人，不过我当时没这么想，因为我还没读到"S"字头的作家，而等我读到时，书目里也没有缪丽尔·斯帕克。她的书对英国文学 A 至 Z 散文部而言太过现代。

说回拉特洛太太，她寡居，带着两个十几岁的已经远高过她的儿子，她开车驶进停车场，把两个壮硕笨重的男孩硬推出她小小的莱利小精灵汽车，用连串的高声威胁将他们送进学校。她整天都在大喊大叫。她上课时会吃安定片。她把书掷向我们的脑袋，还威胁说要杀了我们。所有这些做法在当时还是允许的。

拉特洛太太从英语教室飞奔过来，那间教室愚蠢地设在蹦床室隔壁。她朝我们大吼，等她停下时，我说，这都是纳博科夫引起的，我得读完"N"啊。

"可你已经在读威尔弗雷德·欧文②了。"

"我知道，可他是诗歌部的。英国文学 A 到 Z 散文部才是我正在读的。有个作家叫奥利芬特夫人③……"

---

① 著名英国女作家缪丽尔·斯帕克 1961 年出版的代表作小说《布罗迪小姐的青春》中的主人公，她是一名热心教学、不囿于传统的教师，最终遭曾最信任的学生背叛。
② 属于"O"字头的作家。
③ Margaret Oliphant（1828－1897），英国小说家、历史作家，除家庭现实主义小说、历史小说外，她的作品也包括一些颇具影响力的鬼怪故事。

拉特洛太太像只鸽子似的骄傲地挺起胸膛。"奥利芬特夫人不是文学——你不可以读！"

"我没得选，她在书架上。"

"你好好说清楚，姑娘。"拉特洛太太说。她开始感兴趣了，虽然仍想回去批改那二十篇关于《傲慢与偏见》的论文。

于是所有事情滔滔而出——母亲、迷你车、图书馆、书籍。拉特洛太太默不作声，这很不寻常。然后她说："你住在一辆迷你车里，只要不在车里，你就在市场打工挣钱，在这里上学，要不然就在阿克灵顿公共图书馆里从A到Z读英国文学散文。"

是的，这准确概述了除性以外我全部的生活。

"我现在也读诗。"我说，解释了有关T. S. 艾略特的事。

她看着我，如同《火星人地球大袭击》①中的一幕，一个先前可知的物体在她眼前变身。接着她说："我家有个空房间。你自己买吃的，晚上十点以后不准喧哗。你可以拿一把钥匙。"

"钥匙？"

"对。钥匙就是开门用的金属物件。"

我在她眼中变回了痴愚状态，不过我不在乎。我说："我从来没有拿过钥匙，除了迷你车钥匙。"

---

①英国广播公司1958年播出的科幻电视剧。

"我要去跟你那位母亲谈谈。"

"不要,"我说,"拜托不要。"

她把钥匙交给我。"别指望能搭车来学校。两个小子坐后座,我的包坐前座。"她停顿了一下,随后说道:"纳博科夫可能是、也可能不是伟大的作家。我不知道,也不在乎。"

"我一定要看完《洛丽塔》吗?"

"是的。但不准读奥利芬特夫人。我周末一定会嘱咐图书管理员一句。还有,不管怎样,你不一定要照字母顺序读书的,知道吗?"

我说起自己必须有秩序——比如只在迷你车前座吃东西和看书,只在后座睡觉——正说着我却停了下来,戛然而止,因为她们又开始跳蹦床了,拉特洛太太已经朝那张汗水涔涔、弹性十足、起起伏伏的帆布猛冲过去,大喊着简·奥斯汀的论文的事。

我口袋里揣着那把银色小钥匙,出发去图书馆。

我那时候会帮图书管理员把书上架,我着实喜欢做这件事,因为喜欢书的重量以及将它们插进书架的感觉。

她给了我一沓可笑的橙色幽默书书标,那是我第一次注意到格特鲁德·斯泰因。

"我想你还在攻克'N'?"管理员说。她和大部分图管理员一样信赖字母顺序。

"是啊,可我也稍微看看别的,"我说,"我的英文老师叫我这么做。她说奥利芬特夫人不是文学。她要来跟你讲这个事呢。"

管理员扬起眉毛:"她现在要来?我没说我不同意她说的啊。不过我们真能从'N'跳到'P'吗?虽说,'O'字头的是有些困难。"

"'N'字头的就有困难。"

"没错。英国文学——或许所有文学——绝不会符合我们的期望。也不总是让我们喜爱的。我自己读'C'字头时就碰到了很大的困难……刘易斯·卡罗尔①。约瑟夫·康拉德。柯尔律治。"

与图书管理员争辩永远是个错误,但是没来得及叫自己住嘴,我已经背起诗来:

> 那会是徒劳的尝试,
>
> 哪怕我始终在注视
>
> 流连于西方天宇的绿色光辉:

---

① 三人的姓氏分别为 Carroll,Conrad 和 Coleridge。

激情和活力导源于内在的心境，
我又怎能求之于、得之于外在的光景？

管理员注视着我。"这诗很美。"

"柯尔律治。《失意吟》。"

"好吧，也许我该重新思考'C'字头。"

"我是不是该重新思考'N'字头呢？"

"我的建议是，你年纪还小，读到非常不喜欢东西时，就把它放在一边，三年后重读。如果你还是不喜欢，再过三年再读。等你不再年轻——像我一样五十岁的时候——再读一遍你最最不喜欢的东西。"

"那一定是《洛丽塔》。"

她笑了，这不常见，我接着说："我要跳过奥利芬特夫人吗？"

"我觉得可以……不过她倒是写过一个很好的鬼故事，《敞开的门》。"

我捧起一摞待上架的书。图书馆里很安静。忙碌却安静，我想修道院里一定也是这样，有同伴，有共鸣，但思想属于自己。我仰起头望着巨大的彩绘玻璃窗和美丽的橡木楼梯。我爱这座建筑。

那个图书管理员正在向她的下属说明杜威十进制分类法的优点,延伸至生活各个领域的优点。它井然有序,像宇宙一样。它有逻辑。它可靠。使用它会给予人们一种道德上的提升,自身的混乱也能得到控制。

"每次我心烦意乱时,"管理员说,"我就想想杜威十进制分类法。"

"然后会怎样?"下属问道,颇为折服。

"然后我就明白过来,烦恼只是被归错了位置的东西。当然,这是荣格做出的解释——我们潜意识内容的混乱力求在意识的索引中找到适当的位置。"

下属沉默不语。我问:"荣格是谁?"

"这暂且不谈。"管理员说,"反正不是英国文学 A 到 Z 里面的。你得去'心理分析'区。在那儿,'心理与宗教'区旁边。"

我望过去。走近"心理与宗教"区的,只有一个绑马尾辫的男人,他穿着一件很脏的 T 恤,一面写着"自我",另一面写着"本我",还有一对冒充巫师的女人,她们正在研究"现代巫术"。这三人在那里互传纸条,因为室内禁止讲话。荣格可以再等等。

"格特鲁德·斯泰因是谁?"

"一个现代主义作家。她写作不考虑意义。"

"是因为这样她才被分在'幽默'区吗，和斯派克·米利根①一样？"

"杜威十进制分类法包含一定的处置权。这是它的又一个优势。它帮我们免除困惑，又给我们自由思考的空间。前任管理员一定觉得格特鲁德·斯泰因是个太现代的现代主义作家，放进英国文学A到Z不合适，况且，虽然她用英语写作，或者说大致如此，她也是个美国人，旅居巴黎，已经去世。"

我把《艾丽斯·B.托克拉斯自传》带回迷你车，然后驾车前往拉特洛太太家。我在外停留了片刻，没有进屋。我听见她正对着那两个男孩喊叫。

这是一座整洁的小小的房子——不是沃特街上那种连栋屋，样子和村舍差不多，背倚田野。我透过厨房的窗户看进去。两个壮硕笨重的男孩在吃晚餐，拉特洛太太一边熨衣服，一边读着莎士比亚，书搁在熨衣板旁支起的乐谱架上。她脱下了涤纶外套，穿一件英国尼龙短袖衬衫。她的双臂粗胖，有肉褶。她的胸口满是皱纹、松弛、丰满、泛红。她集纳博科夫憎恶的一切于一身。

---

① Spike Milligan（1918–2002），英国喜剧演员、作家。

她目光炯炯地读着莎士比亚,每熨完一件笨重硕大的衬衫,她就停下来翻页,挂起衬衫后,从衣堆里再拿起一件。

她脚蹬一双粉色毛绒拖鞋,站在黑白相间的油毡上。

她给了我一个机会。冬天即将来临,睡在迷你车里很冷,夜间呼吸的气息凝结后会让我醒来时满身水珠,仿佛清晨的一片树叶。

我全然不知自己在做的可有哪件事是对的。我整天自言自语,说出声来,就自己的处境和自己辩论。从某些方面来看我很幸运,因为我们教会一向强调专注于好事——恩典——而不要只盯着坏事。我晚上蜷缩在睡袋里睡觉时,就是这么做的。有很好的事存在;有珍妮,还有我的书。离开家意味着我能够无所畏惧地保有这两者。

我掏出钥匙,然后出于礼貌按下了门铃。其中一个壮硕笨重的男孩打开了门。拉特洛太太走出来。"帮她提东西,你们两个,难道什么都得我做吗?"

我住进了一个可以眺望屋后田野的小房间。我把书一堆堆放好,然后叠起衣物;三条牛仔裤,两双鞋,四件套衫,四件衬衫,一周七天的袜子和内裤。还有一件粗呢大衣。

"就这些吗?"

"还有一个开罐器、几个陶器、一只野营炉、一条毛巾和一个睡袋,不过那些可以留在车上。"

"你还需要一个保温瓶。"

"我有一个,还有手电筒和洗发水。"

"那好吧。吃点果酱和面包,去睡吧。"

她看着我拿出格特鲁德·斯泰因的书。

"'S'字头。"她说。

格特鲁德和艾丽斯住在巴黎。战争期间她们为红十字会工作。她们开着从美国运来的两人座福特汽车。格特鲁德喜欢驾驶,但她拒绝倒车。她只向前行,因为她说二十世纪的主要意义就是进步。

格特鲁德不愿做的另一件事,是看地图。艾丽斯·托克拉斯看地图,格特鲁德有时留意,有时不理会。

天渐渐黑了。有炸弹在爆炸。艾丽斯失去耐心。她抛掉地图,对格特鲁德吼道:"这条路不对。"

格特鲁德继续开着。她说:"无论对错,就是这条路了,我们在路上。"

十　就是这条路

我决定申请去牛津大学读英文系，因为这是我最不可能做到的事。我认识的人中没有一个上过大学，虽然大家会鼓励聪慧的女孩读师范学院或者考会计考试，但读牛津和剑桥并不在死前必做之事的愿望清单上。

《同工同酬法案》一九七〇年在英国立法实施，但我认识的女性没有人得到同工同酬的待遇——也没人认为理应如此。

在工业化的英格兰北部，大多数是传统蓝领职业类型——工厂作业、制造业及矿业，男性掌控着经济权力。

女性凝聚起家庭与社区，但女性无形的贡献得不到衡量与酬劳，也没有社会回报，这意味着我的世界充满了强大又能干的女性，她们是"家庭主妇"，必须顺从她们的男人。我的母亲正是如此待我父亲。她看不起他（这并不公平），却称他为一家之主（这并非事实）。这种婚姻、家庭模式触目皆是。

我认识的女性没有几个从事专业或管理工作，而那些担任此类工作的都未婚。学校的女性教师多数未婚。拉特洛太太丧偶，她是英文系主任，也仍旧要为两个儿子煮饭洗衣，而且她从不休假，因为她说（我永远不会忘记这句话）"当一个单身女人不再能引起异性的任何兴趣，她只有在发挥作用的地方才能被人看见。"

这真是金玉良言，本应令她成为女性主义者，但她没时间投入女性主义运动。她爱慕男性，虽然因为身边没有男人已使得她在自己眼中都隐形了——在那些看不见的小镇角落里，一个女人所能占据的最悲哀的地方，便是自己眼中。杰梅茵·格里尔①在一九七〇年出版了《女太监》，我们无人读过。

我们并不深刻世故。我们是北部人。我们并非生活在曼彻斯特那样的大城市，女性主义似乎尚未影响到我们。

"战斧"一直被用来形容强大的北部工人阶级女性，可褒可贬。这种大刀阔斧的意象也劈裂了我们的身份认同。北部

---

① Germaine Greer（1939 - ），澳大利亚学者、作家、女性主义运动家。《女太监》(*The Female Eunuch*) 是杰梅茵·格里尔第一部著作，也是其最重要的女性主义作品之一，书中剖析了女性在男权社会中所遭受的压迫，女性囚禁于传统思想的牢笼之中，从而成为"被阉割的人"。

女性是强悍的，无论是在家庭中还是在流行喜剧作品中都如此认定——所有海滨景点的漫画明信片上全都是瘦弱的男人和强势的女人——在醉酒的工人俱乐部里，莱斯·道森之类的短剧演员穿戴起头巾和围裙，戏仿也颂扬那令人敬畏的女性形象，男人们又爱又怕又依赖着她们。然而那些所谓站在门口等着用擀面杖揍男人的女性却并未执掌经济权杖。纵使她们掌权，也会加以隐藏。

我认识自己做小生意的女人，比如我打工的市场摊位的摊主和供给我许多餐食的炸鱼薯条店的老板，她们都假装那是丈夫的商号，自己只是在那里工作。

我们在学校上过的唯一一堂性教育课根本无关乎性，而是关于性别经济。我们买东西应当自个儿掏钱，因为这是现代的做法，但要事先把钱交给男生，这样别人才能看见是他付的钱。我们谈的只是车票和电影票，不过以后，在管理家庭预算时，我们也应当确保他了解家中一切都是他的。"男性尊严"，我记得那位老师是这么说的。我认为这是我听过的最愚蠢的事，可以称其为社会关系地平说。

照自己希望的方式惬意而活，不曾在社交中伪装的女性，只有开糖果店那一对，但是她们必须在性取向方面伪装，不能公开同性恋身份。大家嘲笑她们，她们其中一人还得头罩巴拉克拉法帽。

我是个女人。我是个工人阶级的女人。我是个希望能毫无愧疚、不被取笑地去爱同性的女人。正是这三件事构成了我政治观念的基础,而不是工会或左派男性所理解的阶级斗争。

左派人士花了很长时间才将女性完全纳入独立平等的范畴,且不再将女人的性欲归为对男性欲望的反应。我所认知的左翼政治立场令我感到不适和被边缘化。我并非期待改善我的生活条件。我想要彻头彻尾地改变我的生活。

二十世纪七十年代末,玛格丽特·撒切尔上台,讨论一种风险与报酬的新文化——在这种文化中,你可以成功,可以成就任何想做的事,只要你足够努力,并愿意抛弃传统的安全网。

我已经离家。为了完成学业,我已经在平日晚上和周末工作。我没有安全网。

比起为工党发声的中产阶级男性,以及为"家庭"工资奔走、希望把女性留在家中的工人阶级男性,在我看来,撒切尔给出了更好的回答。

我丝毫不推崇家庭生活。我没有家。我有愤怒与勇气。

我聪明。我没有情感羁绊。我不理解性别政治。我是里根－撒切尔革命中的理想原型。

经由拉特洛太太辅导,我参加了牛津大学入学考试,并取得面试资格,买了去牛津的长途车票。

我申请的是圣凯瑟琳学院,因为它给人新鲜现代的感觉,因为它是男女混合的学院,也因为它前身为圣凯瑟琳协会,是牛津原有学院可怜的附属组织,为无力负担学费正常入学的学生而设。

不过现在它已是牛津正规的学院。也许,我可以去那里上学。

我在牛津下车,向人打听到圣凯瑟琳学院的路。我感觉自己像托马斯·哈代小说中的无名的裘德,但我决心不上吊自尽①。

我不知道竟有一座如此美丽的城市,也不知道有大学学院这样的地方,有四四方方的院子和草坪,洋溢着活力十足的宁静感,那种宁静我至今仍觉得充满魅力。

---

① 《无名的裘德》中,主人公裘德父母双亡,由穷亲戚抚养成人,当了石匠,他来到知识圣地基督寺(影射牛津),由于社会等级偏见,始终被拒于高等学府门外,他的长子吊死弱弟幼妹后上吊自尽,裘德绝望潦倒,年未届三十病卒。

学院提供我一夜住宿，也在院内供应餐食，但其他考生流露出的那种自信令我却步，我没有进去和他们一起用餐。

面试时，我无法口齿清晰地讲话，因为那是我生平头一次觉得自己外表不对，言谈也不对。其他人看起来都很自在，虽然我确定那也并不是真的。当然，他们衣着更好，口音也不同。我知道我没有应付自如，但不知道如何才能做到自如。我隐藏起平素的自己，却无别的形象可取而代之。几周后我得到消息，我未被录取。

我很绝望。拉特洛太太说我们必须考虑别的选择；对我而言，没有别的选择。我对选择没兴趣；我只对牛津有兴趣。

于是我想到一个办法。

我当时总算已通过驾驶考试，我卖了那辆不属于我的迷你车，花四十镑买下一辆能合法上路的希尔曼顽童汽车。车门都坏了，但引擎还很好。只要愿意从车子后头的挡风玻璃处蠕动着钻进去，就可以开上很长一段路。

珍妮说她要和我一起去，于是我们带上帐篷出发去牛津，时速五十英里，这是那辆"顽童"的最高车速了，还得频繁停车加汽油、机油、水和刹车油。我们带了两颗鸡蛋，以防散热器漏水。那年头，往散热器里打颗蛋进去就能轻易修好它，正如风扇皮带能用尼龙长袜代替，断掉的离合器拉线可以用两枚螺栓和一个"蒂泽尔"汽水罐代替(在罐子两头钻孔,拉线断开的两边绑上螺栓,把套着螺栓的拉线塞进罐子的小孔——你会听到轻微的哐啷声,这时就能踩离合器踏板了)。

珍妮家有一本营地指南,我们查到牛津市外的一家高尔夫球俱乐部有廉价露营区。

我们花了约九个小时才抵达,但我们吃了培根和豆子,心满意足。

第二天,我约好拜见高级导师和一位英文系讲师——另一位不在学校,值得庆幸。

我还是完全无法发言,只能叽里咕噜地讲话,就像……压力之下我成了比利·巴德①和《史瑞克》里驴子的混合体。

我绝望地双手一摊,手掌上沾满机油。"顽童"漏油了。

也没别的办法,只能用《史瑞克》驴子的语速解释希尔曼顽童汽车、帐篷、我打工的市场货摊,加上一些天启和温特森太太的事,以及英国文学 A 至 Z 散文部……

他们的办公桌上展开放着一封拉特洛太太寄来的信。我不知道她写了些什么,但他们提到奥利芬特夫人。

"我想要成为比她更好的作家。"

---

①美国著名作家赫尔曼·麦尔维尔的小说《水手比利·巴德》中的主人公,他生性天真,不善言辞,每逢危急关头便容易出现口吃。

"这应该不难——不过她倒是写过一个很好的鬼故事,叫——"

"《敞开的门》。我读过。很可怕。"

不知何故,奥利芬特夫人成了我的优势。

高级导师向我说明圣凯瑟琳是很进步的学院,一九六二年刚成立,致力于招收公立学校的学生,是为数不多的男女混合学院之一。

"贝娜齐尔·布托①是这里的学生。玛格丽特·撒切尔在萨默维尔学院攻读过化学,你知道的。"

我不知道,我也不知道贝娜齐尔·布托是谁。

"你希望有女性首相吗?"

希望……在阿克灵顿,女性只能做妻子、教师、理发师、秘书或者在商店干活,此外不可能做别的事。"嗯……女性可以做图书管理员,我考虑过做这份工作,不过我想写自己的书。"

"哪种书呢?"

"我不知道。我一直在写作。"

"大部分年轻人都是这样。"

---

① Benazir Bhutto(1953–2007),巴基斯坦前总理,曾在牛津大学玛格丽特夫人学堂深造。

"阿克灵顿的年轻人不是这样,他们不写作。"

对话暂停了片刻。英文系讲师问我,是否认为女性可以成为伟大的作家。我被这个问题难住了。我从未想过这件事。

"事实上,她们多半排在字母顺序的前列——奥斯汀、勃朗特姐妹、艾略特……"

"我们当然会研究这些作家。弗吉尼亚·伍尔夫不在课程大纲里,虽然你会觉得她很有趣——但是和詹姆斯·乔伊斯相比……"

这合理地介绍了牛津学位课程的偏见与喜好。

我离开圣凯瑟琳学院,沿霍利韦尔街走到布莱克韦尔书店。我从没见过整整五层楼的书店。我觉得头晕目眩,仿佛一时间吸入过多氧气。这时我想到女性。在这所有的书里,女性花了多久才得以写出属于她们的那部分,为何女性诗人和女性小说家至今仍然这么少,被公认为重要作家的更是少之又少?

我情绪激昂,满怀希望,也为先前听到的话而忧虑。作为女性,我会不会成为旁观者,而非贡献者?我能不能攻读那从来想都不敢想的目标?无论能否实现,我必须尝试。

后来,我获得成功,却被指责为傲慢,我想把那些误解的记者都拽来这个地方,让他们看看,一个女人、一个工人阶级的女人，想当作家，想当好作家且相信自己够好，对她而言，这不是傲慢；这是政治。

无论那天我讲了什么，结果还是好的；我被录取了，延期一年。

这将我直接送到了玛格丽特·撒切尔和一九七九年大选面前。撒切尔气宇轩昂、有理有据，她知道一条面包的价格。她是女性——这使我觉得自己也可以成功。如果杂货商的女儿能当首相，那么像我这样的姑娘也能写一本书摆上英国文学A至Z散文部的书架。

我投了她的票。

如今，说撒切尔改变了两个政党已是陈词滥调：她改变了她的政党以及在野党左翼工党。较少为人记起的是，里根在美国、撒切尔在英国永远粉碎了战后共识——这共识已维持三十多年。

回溯一九四五年，无论你是英国或西欧的左派还是右派，都不可能用过了时又不足信的新自由主义市场机制在战后重建社会，那将带来非正规劳工，使物价不稳，病人、老人、失业者无补助。我们需要住房、大量的工作、福利国家制度、公用事业与交通运输的国有化。

人类意识转向集体责任是真正的进步；我们理解了我们不仅对国旗和国家、对孩子和家庭负有义务，也对彼此负有义务。社会。文明。文化。

这种意识上的进步既非源于维多利亚时代的价值观或慈善事业，亦非出自右翼政治；它来自战争的实际教训以及——相当重要的——社会主义的优越论点。

二十世纪七十年代，英国经济趋缓，国际货币基金组织紧急援助，油价飙升，尼克松允许美元汇率自由浮动，难以控制的工会争议，对左派的一种存在性怀疑，这些促使二十世纪八十年代里根－撒切尔右派击退了关于公平、平等社会的恼人争论。我们要追随米尔顿·弗里德曼及其芝加哥经济学派的同伴，回到以前的市场机制与自由放任，将之装点成新的救恩。

欢迎 TINA——There Is No Alternative[①]。

一九八八年，撒切尔的财政大臣尼格尔·劳森将战后共识称为"战后错觉"。

我当时尚未意识到，当金钱成为核心价值，教育就会迈

[①] 常缩写为 TINA，意指"别无选择"，是玛格丽特·撒切尔在 20 世纪 80 年代提出的口号，用以表示市场经济是当时唯一可行的经济体制。

向实用功利，精神生活也不算益事，除非产出可量度的成果。公共事业不再重要。随着廉价住房的消失，选择赚钱花钱之外的生活方式变得非常困难。当社群被摧毁，剩下的只有苦难与偏狭。

我不知道撒切尔主义会出售我们的国有化资产与产业来支撑它的经济奇迹。

我不了解社会私有化的后果。

我驾车在高架桥下，途经工厂低谷区。驶过以琳五旬节教堂时，我看见爸爸身着工装走出来。他正在刷油漆。我松开油门，差点要停车。我想道别，但我没有，因为我不能。他看见我了吗？我不知道。我望着后视镜。他要回家了。而我要走了。

出了镇子，穿行在奥斯沃尔特威斯尔，经过狗饼干工厂。有一些小孩在边门等待粉红色、绿色的骨头形状的碎饼干。其中只有一个孩子牵着狗。

我开着我的莫里斯小面包车——"顽童"的继任者，车上载了一辆自行车、一大箱书、一个装着衣物的小行李箱、一包沙丁鱼三明治，还有二十加仑罐装汽油，没人告诉过我高速公路上买得到汽油。面包车的发电机有问题，我不敢熄火，只能把车停在高速公路路肩，跑到车边加油，再开车上路。我不管了。

我要去牛津了。

十一　艺术与谎言

大学第一天晚上，我们导师转过身对我说："你是工人阶级的试验。"接着他转向那个后来成为并至今都是我最亲密朋友的女生，对她说："你是黑人的试验。"

我们很快便发现，导师喜欢冷嘲热讽，以取笑别人为乐，我们同级的五名女生将得不到任何指导。我们必须自学。

从某个角度看，这倒也不碍事。书本无处不在，我们需要做的就是读书——从《贝奥武甫》读到贝克特，也别去烦恼这中间似乎只有四位女小说家——勃朗特姐妹结伴出现，乔治·艾略特，简·奥斯汀——以及一位女诗人克里斯蒂娜·罗塞蒂。她不是伟大诗人，不似艾米莉·狄金森，可是没人会向我们讲述伟大的女性。有关女性方面，牛津不是沉默的同谋，而是无知的同谋。我们成立了自己的阅读小组，不久后将当代作家——男女皆有——以及女性主义纳入书单。我突然间读起多丽丝·莱辛、托妮·莫里森、凯特·米利特和艾德里安娜·里奇。她们像一部新的圣经。

撇开性别歧视、势利行为、父权态度、对学生福利的漠视不谈，牛津的好处在于对目标意志专笃，并坚信不疑精神生活是文明生活的核心。

导师贬低、打压我们，原因不外乎我们是女性，但这所大学的理念默然支持着我们充满热情地阅读、思考、认知、讨论。

这对我产生了重大影响。我仿佛就居住在一座图书馆，而图书馆是我一直以来最乐在其中的地方。

我读得越多，就越反对文学属于少数人——属于特定教育或阶级——的说法。书本也是我与生俱来的权利。我不会忘记我兴奋地发现，最早留下了文字记录的英文诗是公元六八〇年由一名惠特比牧人所作（《卡德蒙的赞美诗》），他为惠特比修道院工作，院长是圣希尔达。

试想一下……一个主持修道院的女人和一个目不识丁的牧牛工创作出如此优美非凡的诗歌，受过教育的修士将其记录下来，再向来访者和朝圣者传诵。

这是个美好的故事：卡德蒙宁可和牛做伴，也不愿与人为伍，他不知晓任何诗歌，所以在修道院的筵席尾声，所有人都受邀唱歌或吟诗时，卡德蒙总是跑回牛群独处。然而那天晚上，一位天使降临，要他歌唱——如果他能对牛歌唱，也能对天使唱。卡德蒙难过地说他什么歌都不会，但天使要他无论如何唱一首——关于创造天地的歌。卡德蒙张开口，便有了这首歌。（此事的早期记述参见比德[①]：《英吉利教会史》。）

我读得越多，就越感觉跨越了时间，与其他生命及更深刻的共鸣相连。我感觉不那么孤单了。我并不是独自在此刻的小筏上漂流，有座座桥梁通往坚实的土地。是的，过往是另一片国土，但是我们可以造访，而到了那里，我们还可以带回所需。

文学是共同的土地。这片土地并非完全被商业利益管制，也不可能像流行文化一样被露天开采——开发新事物而后离去。

[①] Bede（约673–735），英国盎格鲁－撒克逊时期编年史家、神学家，其拉丁文著作《英吉利教会史》被视为英国盎格鲁－撒克逊时期乃至中世纪早期的重要历史文献。

关于驯化的世界和野性的世界的对抗已有诸多讨论。这不仅是我们作为人类所需要的一种野性；也是我们的想象力不驯的驰骋之地。

阅读就是野性之物所在。

在牛津的第一学期期末，我们在读T.S.艾略特的《四个四重奏》。

> 我们在摇曳的树顶
> 在反映在树叶上斑驳的亮光中移动
> 听见下面潮湿的土地上
> 传来猎犬和野猪的声音，它们
> 一如既往地遵循着追逐的模式
> 但在星空里却得到和解。

我思索着这种模式；过去已太难更改。它像监护人一般跟随我们，站在我们与现在的新事物——崭新的机会中间。

我想知道，过去能否弥补——能否"和解"——既然过去的战争、过去的敌人、猎犬和野猪有可能找到某种和平。

我想知道这一点，因为我正想着去看看温特森太太。

我们有可能到达高于日常冲突的某个层面，这想法颇诱人。荣格认为，冲突绝无可能在其发生的层面得到解决，这一层面只有赢家与输家，没有和解。必须超越冲突，如同从高地俯视风暴。

乔叟《特罗勒斯与克丽西德》的结尾也有这样精彩的一段，特罗勒斯战败而死，升至第七重天[①]，他俯瞰月下的世界——我们的世界——不禁失笑，因为他意识到这一切何等荒唐——那些意义重大的事物，那些我们背负的积怨，那些不可和解之事。

中世纪思维喜爱无常的概念，认为月球天以下的世界里一切都是混沌与被曲解的。我们仰望苍穹与繁星，想象正向外远眺宇宙。中世纪思维则想象自己向内观照——地球是破败的边陲、温特森太太口中浩瀚的垃圾桶——而中心是，或者说位于中心的，是神的秩序核心，那秩序出自爱。

我喜欢"秩序应该出自爱"的想法。

我发现一线微光，明白自己需要找到那个能让生命与它自身和解的地方。我知道这与爱有关。

[①]中世纪的天堂有九重天，自下往上依次是月球天、水星天、金星天、太阳天、火星天、木星天、土星天、恒星天、原动天。在月球天以下就是我们生活其中的俗世。

我写信给温特森太太，问她想不想要我回去过圣诞节，还有我能否带个朋友。她说好的，这很不寻常。

她没问我自从上次分别后都在做什么——没有提"快乐还是正常"那段话，没有提离家、去牛津。我也没有试图解释。我们都不觉得奇怪，因为在温特森世界里这并不稀奇。

她在家，身边是她的新电子琴、她自己架设的民用波段电台和跟外星生命探测设备一般大小的耳机。

我回到家，带着我的朋友薇姬·利科里什。我提醒过温特森太太，我的朋友是黑人。

这是个相当成功的开端，因为温特森太太热爱传教工作，她似乎认为我最好的朋友是黑人这件事本身就是一种传教活动。她走访过几位从非洲退役的军人，问道："他们吃什么？"

回答是菠萝。我不明白为什么。非洲有菠萝吗？不管怎样，薇姬一家来自圣卢西亚①。

温特森太太不是种族主义者。她的包容是传教性质的包容，也因此带着施恩于人的态度，但她听不得任何因肤色或种族而起的诋毁。

---

① 位于北美洲，为英联邦成员国。

曾有一段非常时期，巴基斯坦人大批涌入白人工人阶级的城镇，而那些地方的工作机会早已供不应求。当时，如同现在，无人论及英帝国的遗留问题。英国殖民、统治、占据或干预了半个世界。我们瓜分了一些国家，也创造了一些。当我们以武力缔造的世界里有一部分想得到某些回报时，我们却勃然大怒。

但是以琳教会欢迎每一个人，我们被教导要为"来自其他海岸的朋友们"做出努力。

我和薇姬到达阿克灵顿后，温特森太太给了她一条亲手织的毛毯，以免她着凉。"他们怕冷。"她对我说。

温特森太太是个强迫症患者，她已经为耶稣编织了大约一年。圣诞树上挂着编织饰品，家里的狗身上系着一件圣诞节红色羊毛外套，白色雪花图案点缀其间。还有一组编织的耶稣诞生摆件，牧羊人个个都围着围巾，因为这个伯利恒[①]在通往阿克灵顿的公交线路上。

爸爸开门进屋，身穿一件新织的背心，戴着配套的针织领带。整栋房子都重新织过了。

---

①耶稣的诞生地，在约旦河西岸，耶路撒冷以南8公里处的小镇。

没关系。左轮手枪不见踪影。温太太戴着她最好的一副假牙。

"薇姬,"她说,"坐。我给你做了奶酪吐司配菠萝。"

薇姬还以为这是一种兰开夏郡的特色佳肴。

第二天的菜是腌火腿和菠萝,接着上了罐头菠萝丁。后来吃了菠萝油炸馅饼、翻面菠萝蛋糕、奶油菠萝、中式菠萝鸡,还有菠萝块和切达干酪块用牙签串着,插在锡纸包着的半棵卷心菜上。

终于,薇姬发话了:"我不喜欢吃菠萝。"

这可犯了大错。温特森太太瞬间变了情绪。她宣布下一餐吃牛肉汉堡。我们说可以,不过那天晚上我们要上酒吧去吃炸虾薯条。

我们十点左右回到家,只见温特森太太一脸严肃地站在煤气灶前。有一股混着油脂和臊气的难闻焦味传来。

在小小的披屋厨房里,温特森太太机械地翻转着几片纽扣大小的黑乎乎的东西。

"我从六点就在煎这些汉堡了。"她说。

"可你知道我们要出去啊。"

"你们知道我要做牛肉汉堡。"

我们不知该怎么办,于是上床睡觉。薇姬睡楼上,我睡在前厅的充气垫上。隔天早晨，桌上已备好了早餐。桌子中央摆着一座用未开的菠萝罐头堆成的金字塔，还有一张维多利亚时代风格的明信片，图案是两只后腿站立的猫，打扮成一对伉俪的样子。配图文字为："没人爱我们。"

我们正犹豫是直接跑出去打工，还是冒险烤吐司，这时温特森太太冲进来，一把抓起那张明信片，往桌上一扔。"这就是你爸和我。"她说。

我和薇姬圣诞假期在精神病院打工；那是一幢宏伟的维多利亚式建筑，延期等待那年我在那里居住和工作。这座建筑占地辽阔，有自己的消防车和社交俱乐部。它是精神失常者、危险分子、受损害及被诅咒的人的家园。有些年长的住客是因为怀了婴儿或试图杀死婴儿而遭到关押，有些则和她们的婴儿一起被关了起来。这是个奇妙的世界，既孤隐又乐群。

我喜欢在这里工作，清洗病房的呕吐物和排泄物，用大大的锡盘端送餐食。我每次轮班十二小时。或许是那巨大的疯狂平息了我自己的骚乱。我感到同情。我感到幸运。要发疯很容易。

我唯一讨厌的东西是送药车。病患施用镇静药物后都安定下来——针筒和药片看起来比软壁病室和约束服要温和，但我并不确定。病房里充斥着安定片和氯丙嗪镇静剂的气味,那种药会腐蚀牙齿。

我和薇姬往返此地工作,试着不去理会沃特街家中的气氛比工作中的一切更为疯狂。那座房子阴森分裂,犹如出自爱伦·坡的小说。圣诞装饰挂起来了,彩灯点亮了,却只令它愈加恐怖。

温特森太太大约一周没跟我们讲话。然后一天晚上我们回家时,屋外下着雪,有人在街上唱圣诞颂歌。我意识到家里在办教会聚会。

温特森太太情绪欢快。她穿着一身漂亮的连衣裙,我和薇姬到家时,她亲切地迎接我们。"我会把正餐货车推过来——你们要吃聚会肉饼吗?"

"正餐货车是什么?"薇姬说,心里想的是驿站马车和枪战。

"是北部人说的餐车。"我正说着,温特森太太奔进客厅,那里正热着一大堆肉饼。

此时另一支颂歌队伍来到前门竞争——大概是救世军团,温太太可不答应。她打开前门喊道:"耶稣在这儿呢。走开。"

"这有点刻薄了,妈。"

"我已经忍了很多事了,"她意味深长地看着我,说道,"我知道圣经要我们连左脸也转过来由人打,但一天里脸也打太多次了。"

薇姬的日子不好过。就在圣诞节前,她上楼睡觉,发现她的枕套里没有枕芯,里头塞满了有关天启的宗教小册子。她开始了解活在末世是什么感受。

"你们家乡生活很艰难啊。"温特森太太说。

"我在卢顿①出生的。"薇姬说。

她的确艰难。谁都艰难。从天花板垂下的纸链现在看起来像疯子的手铐。

爸爸大部分时间都在后院的棚子里为教会做装置。我猜他做的是一种福音派的祭坛装饰。牧师希望为主日学校准备点东西来装饰教堂,但绝非天主教所使用的偶像,那是《出埃及记》中所禁止的②。

爸爸喜欢制作黏土雕塑,再为它们上色。他已经做到第六个了。

---

① 英格兰南部城市。
② 《出埃及记》第二十章中,神吩咐说,不可雕刻与跪拜偶像。

"这是什么?"薇姬问道。

这是得救的七个小矮人:没有白雪公主,想必是因为她与天主教异端的圣母玛利亚太相像。矮人身上各有小小的铭牌:希望、忠实、喜乐、虔诚、相称、甘心和乐意。

爸爸静静地上着色。"你妈心情不好。"

我们俩都知道这意味着什么。

厨房里,温特森太太正在做蛋羹。她一个劲儿地搅动平底锅,像一个翻覆黑暗深水的人。我们从后院进屋,走过她身旁时,她盯着平底锅,头也不抬地说:"罪恶。是罪恶毁了一切。"

薇姬不习惯这种对话方式,包括动不动一连几天不言不语,突然又冒出几句不祥的宣言,我们都应该理所当然地跟上她的思路,但这完全不可能。我看得出来,薇姬发觉氛围紧张,我还感觉到爸爸试图提醒我什么。我查看了放抹布的抽屉。左轮手枪不在那里。

"我想我们该走了。"我对薇姬说。

第二天早晨,我告诉妈妈,我们要走了。她说:"你故意这样的。"

房子。两上两下的房子。又长又暗的门厅和狭小的房间。院子里的室外厕所、煤库、垃圾桶和狗窝。

"再见,妈妈。"

她没有回答。当时没有。后来也没有。我再也没回去。我再也没见过她。

中场休息

在写作中，我抵抗钟表时间、日历时间和线性发展的重量。或许时间阻止了所有事情同时发生，但时间的领土是外部世界。在内部世界里，我们可以同时经历——发生在我们身上的事情。非线性的自我对"何时"毫无兴趣，对"何故"兴趣浓厚。

我的生理生命已过大半，创作生命亦约过半。我和所有人一样度量时间，也借由日益衰弱的身体衡量，然而为了挑战线性时间，我尝试活在完整的时间里。我认识到生命有外部也有内部，相隔多年的事件在想象与情感中比邻并行。

创作横跨于时间之上，因为艺术的能量不受时间限制。假如它受制于时间，我们应该对过去的艺术兴味索然，只当它们是历史或文献。但我们对艺术的兴趣，就是对古往今来的自身的兴趣。现在与永远。其中能感觉到一种始终存在的人类精神。这使我们自己的死亡变得可以忍受。生命加艺术，是和死者的纵情交融与交流。这是一场对抗时间的拳击赛。

我喜欢T. S. 艾略特《四个四重奏》中的诗句——"只有活着的／才能有死亡"。这是时间之箭，从子宫飞往坟墓。但生命不只是一支箭。

从子宫到坟墓这有趣的一生——我无法书写我自己的；不可能做到。《橘子》没做到。现在也做不到。我宁可继续将自身解读为虚构的故事，而非现实。

现实是我打算略去生命里的二十五年。或许以后再写……

十二　夜海航行

我小时候,小得能躲在桌子底下、爬进抽屉里的时候,曾爬进一个抽屉,把抽屉当船,地毯当海。

我发现了我的瓶中信。我发现一张出生证明。证明上有我生身父母的姓名。

我从未将此事告诉任何人。

我从未希望寻找生身父母——一对父母已令我感觉不幸,若有两对便是自毁。我对家庭生活一窍不通。我完全不知道可以喜欢自己的父母,也不知道父母可以爱你爱到让你做自己。

我是个孤僻的人。自我创造。我不相信生物学和传记。我相信我自己。父母?为什么要有父母?除了伤害你。

而我三十岁那年,写了《橘子不是唯一的水果》的电视剧本，我将主人公取名为杰丝。她在书中叫珍妮特，但电视太直白了，即使是在归类于文学的那本小说中，是用本名同时保证其中的暧昧与趣味性，就已经够难了。再走向电视剧的话，我想我将看到自己永远被绑在一个"真实"的故事里。

结果这事还是发生了……不过我尽力了。

因此我当时必须选个名字，我选了小时候发现的那张出生证明上的名字。我母亲的名字似乎是杰西卡，于是我把人物取名杰丝[①]。

《橘子》包揽各大奖项——英国电影和电视艺术学院奖、皇家电视协会奖，我在戛纳荣获一项剧本奖，还有诸多外国奖项——它是一九九〇年的热点话题，因为它的内容，也因为我们处理内容的方式。它是同性恋文化的里程碑，我希望它也是一座文化里程碑。我认为它是。在二〇〇八年一项英国广播公司史上最佳剧集的民意调查中，《橘子》位列第八。

我料想这所有骚动，包括且尤其是小报上的消息（如我们所知，体面、正派已告终结），会让我母亲杰丝听闻该剧，并有所推断。

并没有。

[①] "杰西卡"的爱称。

闪前到二〇〇七年,我没有为寻找我的过去做任何事。这不是"我的过去",对吧?我已经写字将它覆盖。我在它上面记录。我将它重新粉刷。生命是层次,是液体,不稳固,很零碎。我从未写出一个有开头、中间与结尾的常规故事,因为这令我感觉不真实。这就是我为何以及如何像现在这样写作。这不是某种方法,这就是我。

我当时在写一本小说,名为"石神"。背景设在未来,不过第二部分背景是过去。小说想象我们千变万化的世界被一个先进却具破坏性的文明发现,他们的星球濒临毁灭。一支任务小队被派遣飞往蓝色行星。队伍没有返回。

我写每一本书时,都有一个句子在我脑中浮现,像一片沙洲浮出水平线。它们有如我们住在沃特街二百号时墙上写的那些字句;劝诫,格言,作为回忆与警示的闪烁的灯塔信号。

《激情》:"我在给你讲故事。相信我。"

《写在身体上》:"为什么要用失去衡量爱?"

《苹果笔记本》:"为了避免被发现,我一直在奔跑。为了能让自己发现事物,我一直在奔跑。"

《重量》:"自由的人从来不想要逃走。"

《石神》:"每件事物永远印刻着它从前的样貌。"

在前一本小说《守望灯塔》中，我探讨了化石记录的想法。如今我又有了那种感觉——感觉有些什么被书写覆盖了，是的，却依然清晰。颜色与形态在紫外线照射下显现。机器中的幽灵①闯入新的记录。

"印刻"是什么？

我当时正艰难度日。我与导演德博拉·沃纳六年的感情磕磕绊绊，双方都不快乐。

我试着写作。那本书推动着我。创作是一台测谎仪。我想对自己说谎——如果谎言是慰藉与掩饰。

二〇〇七年春天，我父亲的第二任妻子莉莲意外故世。她比我父亲小十岁，充满活力和欢乐。一场失败的髋关节置换手术导致她足部坏疽，足部坏疽继而导致不能行走，不能行走又导致糖尿病，糖尿病最终导致住院三天。三周后，她躺在棺材里离开了医院。

爸爸和莉莲都在阿克灵顿一家看护中心休养，那是由一位名叫内丝塔的很棒的女士经营的。她曾是一艘游轮上的喜剧演员——而经营一家看护中心是需要幽默感的。她最后放

---

①英国哲学家吉尔伯特·赖尔在著作《心的概念》中对笛卡尔身心二元论的描述。

弃以说笑话为生,接手了家族的看护中心事业。她同我聊了一些事,决意一有空房就要我爸住进去。礼拜日会让他上教堂,周中也会带他出去走走,还会有很多人探望他。我每月一次来回三百五十英里去看他。

我开车北上阿克灵顿,清理他的小平房,和常人一样心事重重地忙着整理一切——烦冗的死亡文件。

所有照片无疑消失了,被讨厌的亚历克舅舅(带杜宾狗那个)拿走,不知何用。屋里没有真正来自旧日的东西,不过有一个上锁的箱子。

宝物?我一直相信真的有宝藏这回事……

我走到车子边,取来一把螺丝刀和一把榔头,把螺丝刀锤进挂锁锁口。锁弹开了。

令我惊恐的是,箱子里装满了皇家阿尔伯特瓷器,包括一个三层的蛋糕架。爸爸为什么把剩余的"皇家阿尔伯特"藏进一个约翰·西尔弗①的海盗箱?

另一些陶器将童年的滋味带回我口中。温特森太太的"村舍"盘子,手绘金边,中间画着一座遗世独立的林间小屋……(和我现在住的地方有几分相似)。

---

①小说《金银岛》中的海盗头目。

箱子里有爸爸战时的奖章、温太太的一些字条和书信、一些令人难过的私人物件,还有和我有关的一些可怕的东西,我给扔了,有几张她每周的购物清单和预算。而最令人难过的,是她写给爸爸的信,颤颤巍巍的工整字迹,一步步地告诉他在她过世后要做些什么——葬礼保单……养老金文件……房契。

可怜的爸爸——他预料到自己会比两任妻子更长寿吗?和温特森太太不同,莉莲没有留下任何指示——但这一次没关系,因为这一次我能够出面。

我端起皇家阿尔伯特三文鱼浅盘。底下是一个小盒子。盒子里还藏着一个盒子……没上锁……几件首饰、几个信封、几张折叠整齐的文件。

第一份文件是一九六〇年的法院命令。那是我的正式领养文件。第二份是类似车检表的某种婴儿体检表:我没有心智缺陷。我健康良好,可以领养。我曾被母乳喂养……

我曾有个名字——被粗暴地划掉了。文件顶部也被扯破,这样我就看不到医生或机构名称,底部的姓名也被撕去了。

我看了看法院命令。上面也有名字——我曾经的名字——划掉了。

打字机和泛黄的纸。如此古老。那些东西看起来像是百年以前的。我也是一百年前的。时间是一道鸿沟。

天黑了。我身穿大衣坐在空荡荡的房间地板上。我觉得熟悉的陈设被搬空了。我打开一扇门,屋里是我辨认不出的陈设。终究是有一段过去的,无论我写了多少字来覆盖。

就像那一张张纸上的名字——被覆盖的名字——我的过去在那里,在这里,也在此刻。那道鸿沟渐渐将我包围。我感觉被困住了。

我不知道这件事为何重要。为何感觉这么糟。他们为何从不告诉我,也不给我看?他们为何不愿意?婴儿就是婴儿。这个婴儿重新开始。没有历史,没有血缘。

这时有一串句子在我脑中回放——我自己书中的句子——"我不断地写,迟早有一天她会读到的。""寻找你,寻找我,我想我穷尽一生在寻找我们两人……"①

我写过爱的叙事与失去的叙事——渴望与归属的故事。如今看来一切明朗——温特森式的对爱、失去与渴望的着迷。是我的母亲。是我的母亲。是我的母亲。

而母亲是我们最初的爱恋。她的手臂。她的眼睛。她的

---

①引自《苹果笔记本》。

乳房。她的身体。

假使我们后来恨她,我们将那愤怒带入与其他爱人的关系。假使我们失去了她,要去哪里重新找到她?

我往往着迷于研读文本,并将它们植入我的写作。圣杯传说便是——匆匆一瞥,世上最珍贵的东西就永远消失了,而后的追寻是为了再次找到它。

《冬天的故事》,我最爱的莎士比亚戏剧:讲一个弃婴的故事。"倘失者不能重得",一个扭曲的世界就不能得到矫正。

读一读这句话。不是"曾失者"或"已失者"。而是"失者"。语法告诉我们,这失去何等严重。是很久以前发生的事,没错——但并非过去。这是旧时的现在,旧时的失去,每天依然疼痛。

此后不久,我开始发疯。没有别的方式可以形容。

德博拉离开了我。我们最后一次大吵,由我的不安全感和德博拉的冷漠引发,第二天我们结束了。结局。

德博拉走掉是对的。寄予厚望的起始早已变作缓慢的折磨。我什么都不怪她。我们在一起的日子多是美满的。可是像我之后发觉的那样,关于家、组建家庭、与另一个人组建家庭，我有很大的问题。德博拉爱离家，且乐此不疲。她是一只漂泊不定的杜鹃。

我爱回家——我对快乐的概念是回家，回到我爱的人身边。我们无法化解这种差异，我不明白的是，像差异这样简明的东西怎会通向如决裂这般复杂的终点。这突然而意外的离弃，聚积于家的概念与家的不可能性中，点燃一条导火索，毕剥作响，一路烧进我内心深处围墙的缺口。在那个围墙缺口里面，如一位隐士般掩盖在时间中的，是我的母亲。

德博拉无意触发这"逝去的失落"，我甚至不知道它存在——没有任何实际的认知方式——虽然我的行为模式是线索。

我打电话给德博拉，她一通也不回，由此而来的痛苦，我的迷惘与愤怒，这些情绪状态将我引向我从不想走近的那扇密闭之门。

这使之听来像是一种有意识的选择。心灵比意识之所能聪明得多。我们将事情深深埋藏，深到不再记得有事被埋藏。我们的身体记得。我们的神经状态记得。但我们不记得。

我开始在夜里醒来，发现自己匍匐着大喊"妈妈，妈妈"，大汗淋漓。

火车到站。车门打开。我无法上车。我感到羞耻，取消了活动、约会，怎么也说不出原因。有时我接连几天不出门，衣服也不穿好，有时我穿着睡衣在大花园里游荡，有时我吃点东西，有时无心茶饭，还有时会在草地上，手拿一罐冷掉的烘豆。熟悉的悲惨景象。

假如我是住在伦敦或别的大城市，我会因疏忽交通状况，车祸而死——我在自己的车里，或者在别人的车外。我考虑着自杀，因为这一定得是选择之一。我一定要能够考虑自杀，好的日子里也这么做，因为这还给我一种掌控感——我将最后一次掌控。

不好的日子里，我只是抓牢那根越来越细的绳子。

那根绳子就是诗。当我必须将藏书保存于心时所记住的所有诗歌，现在抛给我一根救生绳。

我的住所门前有一块高地，以一道干砌石墙围起，在此可以展望一片连绵的山景。我无力应对的时候，会走进那块空地，倚墙而坐，凝望那片景色。

乡村、自然世界、我的猫以及英国文学 A 至 Z，是我能够依靠与紧握的。

我的朋友们从不辜负我，我能讲话的时候，就找他们讲话。

但我时常无法讲话。语言离我而去。我身处那个在我获得任何语言之前的所处之地。遗弃之地。

你在哪里?

然而真正属于你的东西绝不会离你而去。我未能找到文字来直接描述自己的状态,但我时而能够写作,并且是以一种引爆的势头在写,这会暂时让我知道依然有一个世界存在——固有的,灿烂的。我可以做自己照明的光芒。然后光亮再度熄灭。

我写过两本童书:图画书《卡普里国王》和给大孩子读的小说《时钟之屋》。《时钟之屋》想象了一个时间像石油、水及其他商品一样消耗殆尽的世界。

我为教子们写了这两本书,孩子和书给予我简单的喜悦。

二〇〇七年十二月,我从荷兰回来,尽我所能举办了一场重要的公开讲座,设法表现正常。我再次满身大汗,走进房间的时候,连火都生不起来。于是我裹着外套坐着,双手捧一罐烘豆,两只猫趴在我的膝盖上。

我想到一个故事——一个圣诞故事,从一头驴子的视角讲述,名为"狮子、独角兽与我"。驴子抬头嘶叫时鼻子变成了金色,因为天使在马厩虫蛀的屋椽摇晃着脚,刚好扫过它的鼻子。

我就是那只驴子。我需要金色的鼻子。

当晚我写下故事,大概写到清晨五点,然后陷入昏睡,睡了将近二十四个小时。

这个故事发表在《泰晤士报》。圣诞夜,有位很热心的女士寄给我电子邮件,说这个故事令她流泪,还令她年幼的女儿又哭又笑,能否让她的出版社配上插图出版?

这就是事情始末。

而书对我的拯救并未就此结束。如果诗是一根绳子,那么书就是一条条救生筏。在我最不稳定的时期,我在书中获得平衡,书载着我穿越那将我浸透、将我粉碎的情感浪潮。

感受。我不想去感受。

那段时间我得到的最佳缓解,就是去巴黎,躲进莎士比亚书店。

我与店主西尔维亚·惠特曼已是朋友,这位年轻女士的巨大能量和热情使她渡过许多难关。她的父亲乔治一九五一年在巴黎圣母院旁的现址开了这家书店,他仍住在楼上,像只老鹰般栖息。

西尔维亚安排我住进书店隔壁未安装现代化设施的老式

旅馆：埃斯梅拉达酒店。我住在顶层，没有电话，没有电视，只有一张床和一张书桌，以及窗外教堂的风景，我发现自己能入睡，甚至能工作了。

我能在书店古籍区坐上一整天和大半个晚上，西尔维亚的狗在一边陪我看书，我需要走动时，那只名叫"科莱特"的狗也会跟来。这是一种单纯又安全的逃离。

我在店里不负担任何职责，还受到照顾。有一次我胸腔感染来到店里，西尔维亚不让我回家，而是为我熬汤、改机票、买睡衣，留我静卧休养。

那里有一种往日在阿克灵顿公共图书馆时的感觉。我很安全。我被书籍环绕。我的呼吸变得更深更稳，我不再焦虑痛苦。那些时光虽然短暂，却很珍贵。

我没有好转。我在恶化。

我没去看医生，因为我不想吃药。如果这样会要了我的命，那就让我丧命吧。如果我的余生会如此下去，我也没法再活了。

我清楚地知道，我无法以任何方式重建或复原生活。我全然不知所在之地的另一边会有什么。我只知道以前的世界永远地消失了。

我感觉到自己像一座鬼屋。我从不知道那隐形之物何时侵袭——就像是对着胸部或腹部的一记猛击,令我呼吸困难。有这种感觉时,我会在它的力量之下放声呼喊。

有时候我会蜷卧在地板上。有时候我跪地紧抓着一件家具。

这是一个时刻……需知还有别的时刻……

坚持,坚持,坚持下去。

我爱自然世界,永不停歇地欣赏它。美丽的树木田野、山川河流、色彩演变、忙碌而专注的小小生物。我长时间地散步,或在空地背靠石墙,坐看云卷云舒,这给我片刻安稳。我知道当我不在了,这一切也还会存在,因此我想我可以离去。世界很美。我是其中一粒微尘。

我散步的小径上躺着一只死掉的狐狸。它强壮的红色身体上没有一丝伤痕。我把它搬进树丛里。对我而言,这样处理也足够了。

我觉得自己做过些有益之事。我没有浪费生命。我可以走了。

我给朋友和教子写信。我记得当时心想,不必申报年度所得税和增值税退税了。我又想道:"如果不是自然死亡,不知是否要罚款？税务海关总署会不会认为我因为决定自杀才有意不填表格？这必定有处罚的。"

于是我冷静了一阵子，而对此事的权衡，似乎由于我直面问题而延缓了。

二十世纪五十年代以前，英国的自杀有一半是开煤气自杀。当时的家用燃气是煤气，煤气富含一氧化碳。一氧化碳无色无味，危害依赖氧气存活的生物。它会引起幻觉与抑郁。它能让人看见幻影——的确有一种说法认为鬼屋的烟雾不是鬼魅，而是化学气体。这很可能是真的。十九世纪是阴森鬼魅与神秘来客的世纪，是虚构作品与大众想象里充满超自然现象的世纪。

《德古拉》《白衣女人》《螺丝在拧紧》《化身博士》，M.R.詹姆斯与埃德加·爱伦·坡书中的幻象。一周一次降神会的兴起。

那是煤油灯与幽灵的世纪。它们也许是同一个东西。煤油灯下深夜独坐的男人或女人看到了鬼魂的经典场景，可能是一氧化碳中毒所引起的轻度谵妄。

自二十世纪六十年代天然气得到应用后，英国的自杀率下降了三分之一——或许这就是为什么我们能看到的鬼魂变少了，或许我们在家中不再产生幻觉。

开煤气自杀再也不容易了。烤箱办不到，现代的汽车也安装了催化转化器。

我有一辆旧款的保时捷911。

赫尔曼·黑塞①将自杀称作一种心理状态——有为数众多的人，名义上活着，却以远比肉身死亡更糟的方式施行了自杀。他们撤离了生活。

我不想撤离生活。我爱过生活。我爱生活。生活对我而言太珍贵，不能不活得充实。我想："如果我无法生活，我就必须死。"

我的时候到了。这是我最强烈的感觉。这个人十六岁离家，炸穿挡在她路上的所有壁垒，无所畏惧，义无反顾，她是广为人知的作家，饱受争议（她才华横溢，她废话连篇），她赚了钱，发了迹，是一个好的朋友、一个情绪化又难相处的情人，她经历过几次轻微的精神崩溃和一段精神错乱时期，但总能平复如故，继续前进；这个珍妮特·温特森完了。

---

① Hermann Hesse（1919–1962），德国作家、诗人，1946年获诺贝尔文学奖。

二〇〇八年二月，我试图结束生命。我的一只猫和我一起待在车库里，而我当时并不知道。我封起门来，发动引擎。我的猫抓着我的脸，抓着，抓着。

当夜晚些时候，我躺在石子路上仰望星空——奇迹般的群星以及使黑夜更加深邃的树林——我听见一个声音。我知道自己正在出现幻觉，但这正是我需要的幻觉。

"你们必须重生。""你们必须重生。"(《约翰福音》第三章第七节)

我已二度降生，不是吗——我失去的母亲和我的新母亲温特森太太——这双重身份，本身就是一种精神分裂症，我认知自己为一个本该是男孩的女孩，而这个男孩是女孩。事物中心的双重性。

然而我了解了一些事。我了解到二度降生不只是活着，也是选择生命。选择活着，有意识地投入生命，进入它所有繁茂的混乱——与痛苦。

我被赋予生命，对所赋予之物我也已竭尽全力。没别的什么可做了。找到那些领养文件、德博拉离我而去，此二者的巧合或者说共时性无论爆发出什么，都是我得到另一个机会的唯一可能。

这是从空中垂下的一条绳索。这个机会极有可能杀死我,同样有可能挽救我,我认为两条路的概率相当。这是逝去的失落猛烈而无形的回归,从而使我丧失一切。通往黑暗房间的门已打开。那扇我们梦魇中楼梯底部的门。那扇有着血迹斑斑的钥匙的蓝胡子之门。

门已打开。我已进入。房间没有地板。我下落,下落,下落。但是我活着。

那天夜里,寒星在我点点破碎的心上聚成一个星座。

没有任何直线连接。读到这里也看得出来。我想要描述心是如何拾掇自己的破碎的。

二〇〇八年三月,我卧床静养,读着马克·多蒂①的《潦倒岁月》。

那是一部关于与狗一起生活的回忆录——实际上是一个关于与生命同活的故事。与生命共同生活很难。大多时候我们在全力扼杀生命,活得驯服或恣意。变得镇静或暴怒。不

---

① Mark Doty(1953–),美国诗人,2008 年美国国家图书奖诗歌奖得主,还著有三本回忆录,包括下文提及的出版于 2007 年的《潦倒岁月》(*Dog Years*)。

同的极端有同样的影响：将我们隔绝于生命的热烈之外。

极端——无论是迟钝的还是狂暴的——明显阻碍了情感。我知道我们的情感可能如此难以承受，因此我们巧施策略，无意识的策略，以远离那些情感。我们做了情感交换，回避悲伤、孤独、害怕、不足的感觉，代之以愤怒感。反之亦可——有时确实需要感受愤怒，而非不足；有时确实需要感觉爱与接纳，而非你生命的悲剧。

感受情感需要勇气——没有把它在情感替代中调换出去，甚至将它全部转嫁给另一个人。你知道情侣中总有一个人哭泣或发怒，而另一个人似乎相当冷静理性的情形是如何发生的吗？

我了解情感于我而言很困难，虽然我被它们覆没。

我常幻听。我知道这会使我落入精神失常的类别，但我不怎么在乎。如果你和我一样，相信心绪想自我治愈，相信心灵寻求的是凝聚而非瓦解，就不难得出结论，心绪会显现出为此所需的任何努力。

我们现在认为幻听的人会做出可怕的事；杀人犯和精神变态者会出现幻听，宗教狂热分子和自杀式炸弹袭击者也会。但在过去，幻听是受人尊敬、为人所渴望的。预言家与先知，萨满教法师与女巫。当然,还有诗人。幻听可以是件好事。

发疯是一个过程的开始。它不应是最终结果。

医生及心理治疗师 R.D. 莱恩①在上世纪六七十年代成为风靡一时的大师,他使疯狂也变得时髦,他将疯狂理解成一个可能通往某处的过程。不过,大多情况下,疯狂令身在其中的人十分恐惧,置身其外的人同样恐惧,只有药物与诊所这一途可走。

我们衡量疯狂的标准一直在变化。比起历史上任何时期,或许我们现在对疯狂的容忍度是最低的。没有余地疯狂。关键是,没有时间疯狂。

发疯需要时间。清醒需要时间。

我身体里有一个人——我的一块碎片,或者其他任何形容——她毁损不堪,期待看我死去,以获安宁。

我的那一部分,独居、隐藏在一个污秽的废弃巢穴,总能对其他区域发动突袭。我强烈的愤怒、我破坏性的行为、我摧毁爱与信任的需求,而爱与信任已被我摧毁。我对性的

---

① Ronald David Laing(1927–1989),英国精神病学家,著有多部关于精神疾病的作品,并极力反对当时所谓正统的诊疗精神病的手段、药剂和电击等,其作品《分裂的自我》有中译本。

轻率——并非性解放。现实是我不珍视我自己。我始终准备着从自己生命的屋顶跳下去。这难道不是一种浪漫?这难道不是无拘无束的创造精神?

不是。

创造力是健康的,它不是驱使我们发疯的东西,它是设法使我们免于疯狂的内在能力。

那个独居在底部沼泽的迷失、暴怒、凶恶的孩子,她不是富有创造力的珍妮特——她是战争的受害者。她是牺牲品。她恨我。她恨生命。

有许多童话故事,你所熟知的那些,主人公身处绝境,与某个邪恶怪物达成协议,获取所需——必需之物——然后继续旅程。后来,主人公赢得公主,打败恶龙,存起宝藏,装点城堡,此时邪恶怪物突然出现,偷走新生儿,或者把婴儿变成猫,或者像没有接到宴会邀请的第十三个仙女那样,送上恶毒的礼物毁灭幸福。

这个拥有超自然力量的畸形而凶残的怪物需要被邀请回家,但要在合适的条件下。

还记得那个亲吻青蛙的公主吗?一吻之下,哇,王子出现了。好吧,需要拥抱那个黏滑恶心的东西,它捕食蛞蝓,通常在井底或池塘活动。但是把丑陋、受伤的那个部分变回人形，并不是我们内心那位善心社工的任务。

这是你能做的最危险的工作。它像是未爆弹处理，而你就是那个炸弹。这是问题所在——那个坏东西就是你。它可能是分裂出去的，不怀好意地住在花园尽头，但它流着你的血，吃着你的食物。搞砸了，你会和那个怪物一起灰飞烟灭。

而且——只是提一下——那个怪物喜欢自杀。死亡是它管辖之地。

我这样讲话，因为在我的疯狂之中变得明朗的是，我必须开始讲话，对那个怪物讲话。

我躺在床上读着《潦倒岁月》，头脑外面传来话语声——不在脑中——它说："起床，开始工作。"

我立刻穿好了衣服。我走进工作室，点燃烧柴炉，披着大衣坐下，因为房间冰冷，然后开始写作——"故事像所有重要的事情那样起始——出于偶然。"

从那时起，我每天写作，写一本名为"太阳之战"的童书。

每一天我都工作，毫无打算，毫无谋划，只写自己不得不说的。

这就是为什么我确定创造力是健康的。我正在好转，而好转起始于这本书的偶然。

这是一本童书，这并不算意外。我身体里那个癫狂的怪物就是个迷失的孩子。她愿意听个故事。成年的我必须讲给她听。新书中最先自我创造的事物之一，名叫"锯成两半的怪物"。

走进房间的怪物从头至身体中间被劈成两半，于是一半有一只眼睛、一条眉毛、一只鼻孔、一个耳朵、一条手臂、一条腿和一只脚，另一半一模一样。

嗯……是差不多一模一样，好像这怪物还不够吓人似的，他一半是男一半是女。女性的半边有乳房，当然只有一侧乳房。

怪物看起来是血肉之躯，和人类一样，但什么样的人类生下来就是劈成两半的呢？

怪物身上的衣服和他本身一样古怪。男性的半边穿只有一只衣袖的衬衫、只有一条裤腿的马裤，本该有另一只衣袖、另一条裤腿的那边被剪掉、缝合了。怪物的衬衫外面套着一件皮制坎肩，坎肩没有任何改动，所以看上去有一半空无身体，事实也如此。

马裤下方，或者说单腿裤下方，必须得这么称呼这条裤子，它只有一条裤腿而非两条——是在膝部紧固的长袜，袜子底端套着一只结实的皮鞋。

怪物没留胡子，独耳上戴着一只金耳环。

他的另半边同样奇特。这位女士身穿半条裙子、半件衬衣，半顶帽子戴在她那一半的头上。

她的腰间，或者应该说是腰部的那个部位上，挂着一大串钥匙。她没有戴耳环，但是她的那只手比另一半的手纤细，每根手指都戴了一只戒指。

两半边的脸都神情不悦。

我体内那个凶恶、不悦的怪物喜欢我写《太阳之战》。我和她开始交谈。她说："难怪德布①离开你，她为什么要和你在一起？连你自己的母亲都把你送走了。你毫无价值。我是唯一知道此事的人，你毫无价值。"

我把这些写进笔记本里。我拿定主意，准备每天只与这个野蛮的疯子交谈一小时——在我们散步的时候。她从来都不想出去走走，但我强迫她去。

她对话的方式是责备（非难、挑剔、指控、要求、怪罪）。她部分像温特森太太，部分像凯列班②。她偏好的回应都是毫无逻辑的陈述。我说："我想谈谈煤库的事。"她说："你和

---

① "德博拉"的爱称。
② 莎士比亚戏剧《暴风雨》中半人半兽的奴隶。

谁都能上床,是吧?"我说:"我们上学时为何那么绝望?"她说:"都是尼龙内裤的错。"

我们的对话像两个人手捧短语手册,说着双方都不懂的话;你以为自己问的是去教堂的路,但它翻译为"我需要为我的仓鼠找一根安全别针"。

这很疯狂——我说过这很疯狂——但我决心继续下去。使之可能的,是上午写书的清醒以及春夏傍晚从事园艺活带来的稳定。种种卷心菜和豆子是有益的。创作是有益的。

下午的疯狂时段容纳了曾经无处不在的溢流错乱。我发现自己不再被擦撞困扰。我不再被流汗的恐慌和莫名的恐惧袭击。

我为什么不带自己和那个怪物去做心理治疗?我去了,但没有用。疗程感觉很虚假。我无法说实话,而且,她也不愿跟我去。

"上车……"不要。"上车……"不要。

这比带个蹒跚学步的孩童更糟。她是个学步孩童,只是她也有别的年纪,因为时间在内部的运作与在外部的不同。她有时是个婴儿。有时她七岁,有时十一岁,有时十五岁。

无论她几岁,她就是不想去做心理治疗。"那是胡扯,

那是胡扯,胡扯!"

我砰地关上门。"你要不要学用刀叉吃饭?"

我不知道自己为什么说这个。她野性未消。

于是我去做了心理治疗,她没去。没有意义。

不过,也并非毫无意义,因为在牛津做治疗后,我总会厌烦透顶,便来到布莱克韦尔书店,下楼走进诺林顿书室,在精神分析书架前看看书。诺林顿书室是个严肃的地方,专供大学研究,藏有大脑/心理/心灵/自我相关的所有书籍。

我自一九九五年起一直在读荣格,买了他的精装全集。我已有弗洛伊德精装全集,我始终在读身、心、灵的东西,因为如果你是读圣经长大的,你不会轻易地走开,无论别人怎么说。

因此,我寻觅某种说法,继而找到了内维尔·赛明顿,他由牧师转做心理医生,文风简单明了,不怕谈论精神与灵魂——不当作宗教经验,而当作人类经验——认为我们不只有身与心。我认为的确如此。

赛明顿的书对我有帮助,因为我康复到一定程度,需要一个框架,用于思考发生在自己身上的事。先前我一直紧抓着一艘无篷小船的船身,那艘船就是我的人生,我期望着在下一个浪头打来时不要沉没。

那个怪物偶尔会在我阅读时出现,嘲笑我,伤害我,但我已能够请她离开,隔天再会面,而奇迹般地,她照做了。

那是夏天。《太阳之战》临近完成。我寂寞而孤单,但我很冷静,前所未有地清醒,以至于明了有一部分的自己正陷于疯狂。

赛明顿谈过,疯狂的部分会如何设法摧残心灵。那是我的经验。而今我已经能够遏制它。

几个月后,我们照例在下午散步,我说了小时候没人搂抱我们的事。我说的是"我们",而非"你"。她牵起我的手。她此前从未这么做过;大多时候她走在后面,连珠炮似的讲话。

我们俩坐下,哭了。

我说:"我们将学会如何去爱。"

十三　约定始于过去

尊敬的女士：

　　关于您对上述编号文书之申请一案，

　　地区法官已审理您的申请，答复如下：

　　该出生证明书副本非领养子女登记册内记项之副本。

　　《实务指示》第一条第三款第八项第二目规定，身份证明及申请"应向法庭提交"，由法庭注记于申请表。应提供身份证明原件（非副本）。

　　依实务指示之规定，之后可寄交给您一份辑选的相关文书副本。该文件不得全文公开检阅，不可寄送内政部。

　　故此遗憾告知，您须亲自出庭，提供身份证明原件及领养子女登记册内记项的核证副本。

这是与持有我领养文件的法院多次通信中的一封。

我是个资源广阔的聪明女人，但领养程序把我难倒了。我不知道"领养子女登记册内记项"是什么意思——寄了四封电子邮件才弄清楚。我不知道"辑选"的意思，我好奇其他人看得懂吗（不能直接说"经过编辑的版本"吗），我想知道这样一封冰冷正式的信件对正在焦灼不安地找寻另一种生活的人会产生何种影响。

就法院而言，领养档案不过是一份具法律效应的文件，以死板冷淡的法律语言处理，遵循难以理解的协定。这不是什么聘请律师的适当理由；而是让程序更简单、不那么麻木的充分理由。

我想停下。我不太确定我是否曾想要开始。

不过我很幸运，因为我爱上了苏茜·奥巴赫。我们才在一起不久，但她希望我感觉自己身在一个安全之所，有人会给我支持和帮助，朴素地说，随时都可以。"我们在一起，"她说，"这表示你拥有权利。"她如常爽朗地大笑起来。

我遇见苏茜，是在一次采访未果之后。那次我原本要为其新书《身体》采访她，该书讨论了广告与色情对女性身体及自我形象认知的影响。

当时我父亲刚过世,我必须搁置所有工作。最后我还是写信给苏茜,只为告诉她我有多喜欢她的书——她全部的著作。我十九岁时就读过《肥胖是女权议题》。我再三重读她的《性的不可能》,想着我要尝试写一本书来回应——在最广泛的意义上做出回应——书名就叫"爱的可能"。

我永远在寻思着爱。

苏茜邀我晚餐。她与丈夫结束三十四年的婚姻之后,已经分开大约两年。我在和德博拉分手、精神崩溃之后一直单身。我又开始喜欢一个人过日子。但生命中的大事从来不是计划来的。我们度过了非常愉快的夜晚:食物,谈话,她住处山毛榉树后方的落日。我心想:"她看起来很悲伤。"我不知道自己是不是也一样。

之后的几周,我们用字符和像素互相追求——我以为电子情书不现实,因为苏茜是异性恋,而我已放弃向异性恋女士传教。但我们之间确实有些什么,而我不知所措。

我和友人——作家阿莉·史密斯共进午餐。她说:"吻她就好。"

苏茜去找她身在纽约的女儿利安娜聊。利安娜说:"妈妈,吻她就好。"

我们照做了。

我们彼此信任，让我感觉我可以继续我的搜寻。领养由你独自一个开始——你是孤独的。婴儿知道自己被遗弃——我很肯定这一点。因此，回顾的旅程不应独自完成。恐慌与畏惧出乎意料且不受控制。你需要紧紧地抓住某个人。某个会紧紧抓住你的人。苏茜就是日复一日这样待我的人。别的朋友也尽了他们的力量。不论还会发生什么，我发疯的那段时间，加上对领养的探寻，已教会我向他人求助，不要表现得像个神奇女侠。

我对朋友露丝·伦德尔倾诉我的害怕。露丝从我二十六岁时就认识我，在我想要闯出点名堂的时候，她借我一间小屋写作。我在那间房子里写了《激情》。她一直扮演着好妈妈的角色——从不判断，默默支持，任我讲，由我去。

她是工党成员，也是上议院议员，认识很多人，她觉得她能帮上我。她召集了几位女爵私下讨论，她们一致认为我应该十分谨慎地继续下去。

我在英国很有名，如果我将与母亲见面，我希望她见到的是我，而不是我的公众形象。如果让报纸得到了这个故事，我将无法面对。《橘子》是个关于领养的故事，《橘子》被认为是我的故事。

我可能疑虑过多，但猜疑不无道理。被派驻到我花园的记者们曾"发现"了我的女友，我担心有些记者"发现"我失散的母亲也会相当高兴。

所以我没法自在地填一张表格并寄出，再对社工叙述我的故事——英国的强制规定，如果想调阅封存的领养文件，就得这么做。

我的搜寻因为一件事变得更为复杂，那就是一九七六年前，英国所有领养都是在封存档案的原则下执行的。母亲和孩子均获保证终生匿名。法律修改后，像我这样的人可以申请出生证明原件，继而或许能与失散已久的亲人取得联系。但这一切必须公开正式地进行。这显然叫我为难。

露丝帮我联络上安东尼·道格拉斯，他是英国儿童及家事法庭咨询与支持服务处的负责人。他也是被领养的，会面后，他理解了我的困境，提出要帮助我寻找我母亲，并在我未做好准备时避免将整件事情泄露给公共领域。

我把随身携带了四十二年的名字告诉安东尼——我父母的名字杰茜卡和约翰——还有他们的姓氏，恕我无法写在此处。

几周后他来电，说我的文件找到了，但仅此而已，因为绍斯波特档案局被海水淹过，许多文件无法挽救了，而我的档案正存放在该局地下室。我举头望着天上。显然温特森太太听说我在寻亲,便安排了一场洪水。

隔了一周,安东尼再次打来电话,我的档案已调阅,但我给他的名字与档案上的名字不符。

那我在抽屉里发现的出生证明是谁的?

我又是谁?

下一步只有冒着我十分惧怕的风险,照一般方式向内政部提出申请,也就是说我得去兰开夏郡绍斯波特的注册总署拜访一位社工。

苏茜休假一天与我同去,我们约定,当天我北上伦敦与她会合,因为这种事情的前夜,最好在自己的床上睡觉。

那天早晨,我打算要搭的那班火车取消了,后一班车由于引擎故障一再减速。火车驶得越慢,我的心跳越快。最后我发现坐在我身边的乘客是一个面熟的人,我们这班车越是慢行,他讲的话越多。

我意识到,等车到帕丁顿时,我只有十四分钟的时间赶去国王十字火车站。不可能。这里可是伦敦。坐出租车过去至少要二十分钟。唯一的希望就是维珍专车——我平常用的一种摩托车出租服务。

我跑出帕丁顿站,那辆大摩托已经发动起来。我跳上后座，车子呼啸着转向，在伦敦的车流里穿行。虽然我不是胆小鬼，却不得不闭上眼睛。

八分钟后，我到月台上了，剩三分钟发车，我看见苏茜在那里，身高仅五英尺二英寸，穿着带珠链的小山羊皮牛仔靴，着短裙和一件CK金色大衣，头发蓬乱。看上去慈眉善目又美丽动人。她正用身体堵在车门口，半带霸道半带调情地和一脸茫然的列车长聊天，因为在我上车前，她是不会让火车离站的。

我踉跄跌进车门。汽笛鸣响了。

我们上路前往注册总署，我带着护照和两张皱巴巴、划掉了姓名的纸——法院命令和婴儿体检表。我当时的体重是六磅九盎司①。

我和苏茜坐进一间专责办公室，世界各地都见得到的那种：纤维板饰面、金属桌腿的书桌，一套低矮的茶几，周围摆了几张难看的椅子，座面装有黄绿色和神经兮兮的橙色软垫。地板上铺着方块地毯。一个文件柜，一块布告板。有硕大的暖气片。光秃秃没有帘子的窗子。

---

① 磅和盎司均为重量单位。1磅≈0.45千克，1盎司≈0.03千克。

苏茜是世上最专业的心理分析学家之一。会议开始时她对我微笑,不发一语,却在心里拥抱我。我能非常清楚地感受到。

我前来会见的社工是一位热心且率直自然的女士,名叫里亚·海沃德。

她讲解了资料保护、各种领养条例以及常规联系途径。如果我想进一步申请,需要办理一些手续。永远有手续。

她查看我的文件——法院命令和婴儿体检表——时,注意到母亲曾母乳喂养过我。

"这是她唯一能给你的。她把能给的给了你。她不是非得这么做,要是不做她会容易许多。这是紧密的联系——母乳喂养。她把你送走的时候你六周大,还是她身体的一部分。"

我不想哭。我在哭。

然后里亚递给我一份文件,上面贴着一张贴纸。

"这是你生母的姓名,这是你的原名。我从来不看,因为我觉得被领养人应该最先看到。"

我站起身,无法呼吸。

"那么就是它了吗?"

我拿着那张纸走到窗前时,苏茜和里亚都微笑地看着我。我看着那两个名字。潸然泪下。

我不知道为什么。我们为什么会哭？那名字看起来像如尼文①。

写在身体上的密码只有在特定光线下才可见。

里亚说："这些年来，我给那么多送养孩子的妈妈提供咨询，珍妮特，我告诉你，她们绝对不想那么做的。你是有人要的——你明白吗？"

不。我从不曾感觉有人需要我。我躺在错误的婴儿床里。

"珍妮特，你明白吗？"

不。我一生都在重复着拒绝的模式。我写书获得的成功像是不请自来的。当批评家和媒体攻击我时，我怒气冲冲地吼回去，不，我不相信他们那些关于我和我作品的言论，因为我的写作在我眼里一直清晰明亮，未受污染，但我确实知道我没有人要。

我毫无保留地去爱，我的爱得不到任何理智而坚定的回报——婚姻的三角恋情和复杂的亲密关系。我在可以好好爱的时候没能好好爱，却在几段感情中停留过久，因为我不想做一个不知道如何去爱的退缩者。

---

① 古北欧人使用的字母和文字，神秘晦涩。

但我不知道如何去爱。假如我当初能面对关于自己的这个简单事实,面对这样的可能性:一个有着我的故事(真实的故事与创造的故事)的人会在爱的方面存有很严重的问题,那么,那么,事情会是怎样?

听着,我们是人类。听着,我们向往爱。爱就在那里,但我们需要被教导如何去爱。我们想直立,我们想行走,但是需要有人牵着手,稍稍助我们保持平衡,微微帮我们指引方向,在我们跌倒时将我们抱起。

听着,我们会跌倒。爱就在那里,但我们必须学习——包括学习爱的形状和爱的可能。我教会自己独立,但我无法教会自己如何去爱。

我们有语言能力。我们有爱的能力。我们需要他人来释放这些能力。

在写作中,我找到了一种谈论爱的方式——那是切实的。我未曾找到一种爱的方式。那是多变的。

我和苏茜坐在房间里。她爱我。我想要接受。我想要好好去爱。我回想着过去两年,以及我如何竭尽全力溶解我那钙化的心灵边缘。

里亚微笑着,她的声音从远处传来。这一切太近在手边,令我如此不安,又太过遥远,因为我无法凝神。里亚微笑着。

"珍妮特,你是有人要的。"

回家的火车上,我和苏茜打开半瓶占边威士忌。"调节情感。"她说,一如往常的苏茜,她又问:"你现在感觉怎么样?"

在人体的结构中,大脑边缘系统①的途径优先于神经通路。我们被如此构造和设计是为了感受,任何想法、任何心理状态,都同时是一种感觉状态。

没有人会感觉泛滥,虽然我们中不少人都在努力压抑感觉。

感觉是令人生畏的。

好吧,我如此认为。

车厢里静悄悄的,满载晚归疲累的通勤者。苏茜坐在我对面看书,她的双脚在桌底勾住我的脚。我脑中持续响起一首托马斯·哈代的诗。

  从不说声再见,

---

①大脑中复杂的神经和网络系统,控制基本情感和欲望。

也不轻唤一声，
或者吐露任何心愿；
当我看见阳光照在墙垣，
天已大亮，还不知
你已经决然走远，
从此，一切都将完全改变。①

这是我在德博拉离开之后读到的诗，但那"决然走远"早在我六周大时已经发生。

这首诗写出了刻画那种感觉的文字。

里亚给了我一个法院的名字，那里可能仍保留着我的领养档案。一九六〇年生活范围有限，我原以为要去曼彻斯特某处寻找，结果我的档案就在阿克灵顿。离家以前，我每一天都从它们旁边走过。

我写了一封简明的信，询问他们是否留有文件。

几周后我收到回复：是的，文件找出来了，接下来我查阅文件的申请就要由法官判定了。

---

① 引自《离去》(*The Going*)。

我不喜欢这样；里亚说过，我有权查阅档案，虽然没人知道上面可能有、可能没有什么内容。有时资料很多，有时少得可怜。此外，我或许会看到将我托付给温特森夫妇的领养机构的名字——从泛黄褪色的婴儿体检表顶端被狠狠撕去的那个名字。

我想看那些档案。那个法官、那个无名的掌权的男人是谁？我很愤怒，我相当明了，自己正堕入一种陈年的放射性愤怒。

苏茜去了纽约，所有跨欧洲与大西洋的航班因火山灰云停飞了，她被困在当地。

我独自在家，接到另一封法院寄来的信。法官说："申请人应填写惯用表格后发回。"

得找个律师，就这封信寻求建议。

我坐在后门台阶上一遍又一遍地看信，如同一个不识字的人。我像撞上电篱笆似的浑身微微颤抖。

我走进厨房，抓起一只盘子，摔在墙上……"申请人……惯用表格……发回……"这他妈的又不是申请信用卡，你这混蛋。

接下来发生的事让我羞于启齿，但我强迫自己写下来：

我小便失禁了。

我不知道为什么又怎么会发生这样的事。只知道自己的膀胱失去控制，我又脏又湿地坐在台阶上，却无力起身清理，我哭了，不知所措地哭了。

没有什么能让我抓着。我不是在自己家中的珍妮特·温特森，架子上有书，银行里有钱；我是个婴儿，又冷又湿，有一个法官带走了我妈妈。

稍晚，我已经干干净净地穿着一身干净的衣服，喝了一点酒。我打电话给里亚。她说："没什么惯用表格。你不需要请律师。这蠢透了。交给我，珍妮特。我会帮你。"

那天夜里，我躺在床上想着发生的事。

这位经验丰富的家事法庭法官，他是否全然不知，站在生命边缘俯视火山口是何种感觉？

把"惯用"表格寄给我，或者告诉我何处可下载，或者请法庭官员为我说明法律术语，究竟有多难？

我又开始颤抖。

"逝去的失落"不可预测，未经开化。我被扔回一个无助、无力又无望的地方。我的身体先于头脑做出反应。通常，一封来自法律界的浮华艰涩的信会使我发笑，我会处理它。我不怕律师，明白法律旨在威吓，必然浮夸，即使他们毫无理由么做。法律那么设计是让普通人自觉不足。我并未自觉不足——但我也没料到我会变回六周大的婴儿。

里亚开始为我查询，情况是在体贴而简洁的首次会面之后，同法院打交道常常碰壁，因此放弃者众。

我们决定，无论我的寻找还会遭受什么样的挫折，我们都要尝试针对法庭的情况制订出一些行动参考，为当事人提供一份详细说明，让程序不再那么可怕。

注册总署的一位官员希望为我提供帮助，她直接写信给法院，说内政部已确认我的身份，她能够证实我和我的案件，她愿意代为接收法院文件。

不，法官说。不符程序。

我纳闷要是我住在国外，他们期望我怎么做。我是不是非得买张机票过来，在一个陌生的地方做这些事，无依无靠——除非买了两张机票有人同行。那些战后被送养到澳大利亚的儿童怎么办？

人的生命不如程序重要……

我和苏茜向阿克灵顿法院预约了上庭。

等候室里有一排可怜巴巴的小伙子，穿着极不合身的西装，指望着能免除酒后驾车的罪责。姑娘们化了全妆，或因入店行窃或因妨害公共秩序而来，看上去既不服又害怕。

我们被召进供律师与委托人谈话的会见室，过了片刻，法院经理到了，一脸疲倦愁容。我对他感到抱歉。

他一手拿着一份旧文件，另一手捧着一本厚厚的程序守则。他知道我会很麻烦。

其实，看到桌子对面的材料——上面记录着我生命初始的所有细节——我哀伤得几乎说不出话来。这段回溯领养过程的经历、这些不友好的法律规定带来的明显影响是，我说话结巴、迟疑、缓慢，最终沉默不语。我曾经历的逝去的失落，是前语言阶段的生理痛苦。那次失落发生在我会说话之前，如今我回到那个地方，哑口无言。

苏茜迷人，坚韧，锲而不舍。这个可怜的男人不确定哪些信息可以告诉我们，哪些不能。我想知道的太多了——但法官尚未批准"辑选"版本。我应当亲自在几张表格上签名，离开，等待材料以后寄来。

但那份文件就在桌上……别等以后……就是现在。

法院经理同意告诉我那家领养机构的名字。这是非常有用的信息。他将名字写在一张纸上，然后复印了办事员当初手写的原件——看起来真是陈旧。他手中握着的表格都是手写的，已经泛黄。

上面有我母亲的出生日期吗？这会帮我找到她。他摇了摇头。不能告诉我。

那好吧，听着，我的养母温特森太太常说，我生母当年十七岁。要是我知道她的年龄，就能利用家谱网站搜索到她，不过她的名字太常见，虽然我已经把范围缩小到两个可能，还是不知道要追踪哪一个。可能两个都是错的。这是条分岔路。是平行分裂的节点。帮帮我。

他直冒汗。他翻阅那本程序守则。苏茜要我离开房间。

我砰地推开弹簧门，走上人行道，有些年轻人还留在那里没走。有几个看起来得意而释然，也有几个看上去很绝望，他们边抽烟边聊天。

我真希望自己不在这里。真希望这一切没有开始过。我为什么要开始呢？

我回头想那个上锁的箱子，里头装着皇家阿尔伯特瓷器，底下藏着那些文件，又回到更久以前那张错误的出生证明，还有，那个跑来家门口、把温特森太太吓得流泪发怒的女人又是谁呢？

我回到会见室时,苏茜已经设法令法院经理答应去问庭审法官,文件上哪些内容能告诉我、哪些不能。我们得四十五分钟后再回来。

于是我们离开,在一家小餐馆的露天座位坐下,他们用大马克杯装茶。我发现这个卖汉堡薯条的地方以前就是"宫廷"餐馆,温太太的心头好,她的焗豆吐司,燠热的窗内有我在传教领域的未来。

"我刚才只能叫你出去,好让你住嘴。"苏茜说。我愕然地看着她。我以为自己完全没有说话。"你不记得自己说了什么吗?其实什么都算不上,只是胡言乱语。那个可怜人啊!"

可我没有胡言乱语!我的头脑一片空白——不是一点空白,而是彻底空白——我显然又精神失常了。我现在应该停止这整件事。我厌恶待在阿克灵顿。我不想记起任何一件事。

爸爸葬礼过后,我就没再来过这里。

在我发疯,或者说在我状态不好的那段日子里,我每月一次开车北上兰开夏郡看望爸爸,他也来过乡下和我同住。他日益衰弱,不过仍旧喜欢与我互相探望。二〇〇八年,他计划来我的住处过圣诞节。

我请人开车送爸爸南下。他坐在炉火前望向窗外。医生嘱咐他不要远行,但他执意要来,我也很坚持,我和医生谈了谈,医生告诉我,爸爸最近几乎没有进食。

他到我家的时候,我非常轻柔地问他,是不是希望离世,他笑着对我说:"圣诞节后吧。"

这是玩笑话,也并非玩笑。圣诞节当晚,我怎么都没法哄他上床睡觉,只好在火炉前铺好垫子,一边帮他脱衣服,一边半拉半推地将他从椅子上带到这临时将就、还算舒适的床上,再为他套上睡衣。在渐渐微弱的火光前,他马上就睡着了,我坐在他身边,对他讲话,告诉他,要是我们能早一点做对的事情就好了,不过我们到底还是做了对的事,这很好,让人高兴。

我上床去睡,凌晨四点左右直挺挺地醒过来,跑下楼去。两只猫躺在爸爸的床上,平平静静,爸爸呼吸很浅,但仍在呼吸。

漫天繁星,昼夜交替之际,星辰更低更近。我拉开窗帘放星星进屋,说不定爸爸会醒来,在这个世界或别的世界。

他那天晚上没有走,两天后教会的史蒂夫来载他回阿克灵顿。他们出发后,我才意识到自己一直在手忙脚乱地打点行李、百果馅饼和礼物,还没有道别,于是我跳上我的路虎车追他们,就在山坡的红绿灯处赶到他们车后时,红灯忽然亮了,他们走远了。

隔天爸爸走了。

我开车去阿克灵顿的看护中心,爸爸在他的房间入殓,胡子刮了,打扮得干净利落。是经营看护中心的内丝塔亲自为他整理的。"我喜欢做这些,"她说,"这是我的方式。陪他坐会儿,我去给你倒杯茶。"

英格兰北部有个传统,用很小的杯子上茶是为了表示尊敬。身材高大的内丝塔回来时端着一套过家家用的茶具,方糖夹只有眉钳大小。她在唯一一把椅子上坐下,我坐在爸爸的灵榻上。

"你得去见验尸官,"她说,"你没准毒害了他。"

"毒害我爸?"

"是啊,用百果馅饼。医生叫他不要出远门——他好生生地去你那儿——回到这里突然就走了。都是哈罗德·希普曼不好。"

哈罗德·希普曼是那一连串的恐怖医生中最近的传说,他杀害了大量老年病人。但爸爸不是他杀的。

"我是说,"内丝塔说,"他们现在什么都检查。我们得等验尸官归还遗体后,再给你爸下葬。我跟你说,哈罗德·希普曼可把我们所有人给毁了。"

她添茶,朝着爸爸微笑。"看看他。他和我们在一起呢。你感觉得到。"

验尸官归还了遗体,但黑色喜剧时刻尚未结束。爸爸有一块墓地,葬礼后我们来到墓园,而我用来支付打开墓盖的支票还没到账。墓穴已备妥,但墓园想要现金。我走进他们的办公室,询问该怎么做。一位先生开口向我说明最近的取款机在哪里。我说:"我父亲在外面的棺材里。我不能离开去找取款机。"

"这个嘛,我们通常一定要预先付款的,因为一旦落葬,就算家属跑了,也不能把人再挖起来呀。"

我努力要他们相信我不会溜走。所幸我手提包里带了一本《橘子》——本打算放进爸爸的棺材,但我改了主意。这本书起了些作用,他们其中一人还看过书改编的电视剧,所以……他们搪塞一番之后,现场同意收下另一张支票,躺在柳木棺材里的父亲得以被放进与第二任妻子合葬的墓穴中。这是他的心愿。

温特森太太躺在较远的地方。独自一人。

是时候回法院了。"你闭上嘴就好。"苏茜说。

法院经理看上去轻松许多。法官已授权他为我确认我母亲的年龄，但不能告知出生日期。她当年十七岁。因此，关于这个，温特森太太说了实话。

我带苏茜去我们沃特街二百号的房子，布莱克本路的以琳教会，还有图书馆，遗憾的是如今大批馆藏图书都不见了，包括英国文学 A 至 Z。

和英国大部分图书馆一样，书籍现在已不如电脑终端机和 CD 借阅重要。

后来我们驾车回曼彻斯特，途径布莱克利，我母亲曾在此居住。她现在还在这儿吗？公交车站上的那个女人是她吗？

温特森太太告诉我她死了。是真的，还是假的？

那家领养机构消失已久，这下又有一份陈腐的文件要找了。我给新机构去电，结结巴巴、含糊不清地报上自己的详细资料。

"您的姓名是？"

"珍妮特·温特森。"

"不,要的是您出生时的姓名。那会是我们档案里的那个名字,不是温特森。您是不是写过那本《橘子不是唯一的水果》?"

噩梦,噩梦,噩梦。

我交给他们去处理档案,自己定下心来查看家谱网站。

我对保存记录极端不感兴趣。我会烧掉正在写的作品,烧掉日记,销毁书信。我不希望我的工作文稿被卖到得克萨斯,也不希望私人文件变成博士论文。我不懂他人对族谱的执迷。但以前我不会懂,不是吗?

网站搜寻结果让我相信,在我被领养之后母亲结过婚。我的出生证明上没有父亲的名字,所以我不知道他们两人是否一起展开了新生活,有了崭新的开始,还是她被卷入了与另一个人的共同生活。

无论实情是哪一种,我对她嫁的那个男人立刻生出一种没来由的反感,并祈祷他不是我父亲。他的姓名是个类似皮埃尔·K.金那种法语化的荒谬名字。

后来我松了口气,我发现他和我母亲婚后不久便离了婚,他在二〇〇九年去世。

但我还发现我有个弟弟，至少是同母异父的弟弟，最好还是别对那个爸爸太不客气，他可能不是、也可能是我爸爸。

他们出于什么原因把我送走呢？一定是他的错，因为我不能归咎于她。我一定得相信母亲爱我。这很危险。这可能是一种幻想。如果我曾是有人要的，为什么六周后就没人要我了？

我想知道，我对男性的诸多否定是否与这些遗失的开端紧密相关。

我现在对男性的看法不再那么消极，这是我在发疯时期又一个决定性的转变。我认识的男性都对我很好，我觉得自己可以信赖他们。我内心的变化不只是在某种特定想法上有了变化；我对所有人的苦难与匮乏生出一种更广泛的同情，无论男女。

但不管是新的珍妮特·温特森还是以前那个——我都对母亲的丈夫感到愤恨。我想杀了他，尽管他已经死了。

领养机构没有消息。我必须对自己大喊，过后才能再打电话过去。拨号码让我缓下来，也让我喘不过气。

他们都很亲切——对不起——他们弄丢了我的电话号

码。噢，我不能看文件，但我的社工可以，只要她确保不告知我任何关于温特森夫妇的资料。我认为这是一条奇怪的规定，尤其是现在他们两人都过世了。

里亚写信过去，请求调阅文件，当时我的生日到了，当时我也已经失去了母亲进一步的线索，因为女人会改变姓氏。她有没有再婚？她健在吗？

这使我很忧虑。做了这么多努力，可她或许已经死了。我一直相信她死了……温太太的故事。

我和苏茜在我生日当天飞往纽约市。苏茜说："我觉得你知道如何去爱。"

"是吗？"

"但我觉得你不知道如何被爱。"

"什么意思呢？"

"女人大多能够付出——我们被训练成这样——但大多数女人很难接受别人付出。你为人宽厚又善良，否则无论你多有才智、多了不起，我也不会想和你在一起。但我们的冲突和困难都围绕着爱而生。你不放心让我爱你，对吗？"

是……我是错误的婴儿床……这件事也会和其他事一样出错的。我内心深处如此认为。

对于爱的功课，我现在必须做的，是相信我的生命终究会好的。我无须独身一人。我无须为一切抗争。我无须对抗一切。我无须逃跑。我可以留下，因为这是我被给予的爱，理智、坚定而稳固的爱。

"假如我们不得不分开，"苏茜说，"你也会知道你曾有过一段美好的感情。"

你是有人要的，你明白吗，珍妮特？

里亚住在利物浦，我和她约在那里碰头。她来到我下榻的酒店，又带来一封信，我感到一种熟悉的口干舌燥、心跳加速。

我们倒了杯喝的。信封里又有一张老旧的表格。

"嗯……"里亚说，"完全合格的工人阶级——你爸爸是个矿工！只有五英尺二英寸高——瞧，有人用铅笔写在背面。他热衷运动。当年二十一岁。黑发。"

不是皮埃尔·K.金！太好了！

我想了想自己的身形。我身高仅五英尺整——遗传规律就是女儿不会长得比父亲高，所以我在身高方面已尽全力。

我上身健壮，这种体格生来就适于爬进低矮的隧道，拉着煤车到处跑，操作沉重的手持工具。我可以轻易地抱起苏茜，原因之一是我常上健身房，也因为我的力量比率集中在上半身。我的胸腔常出问题……矿工的遗传。

我在想一九八五年，《橘子》出版那一年，玛格丽特·撒切尔永久地挫败了全国矿工工会。我爸爸当时是不是也在罢工纠察线上？

表格上终于有了我母亲的出生日期——她是射手座，我爸爸也是。

表格上写明了送养原因。我母亲手写道："有父有母对珍妮特（Janet）更好。"

我搜索家谱网站时得知，她的父亲在她八岁时过世。我还知道，她有九个兄弟姐妹。

有父有母对珍妮特更好。

所以我是珍妮特（Janet）——与珍妮特（Jeanette）相差无几——温特森太太将它改得法语化了。是啊，她是会这么做的……

"我不可以告诉你太多温特森夫妇的资料，"里亚说，"这里的信息都是保密的，不过有几封温特森太太的来信，她说希望能领养婴儿。还有拜访过他们的社工写的字条，报告说室外厕所清洁、情况良好……另外一张小纸条写的是你未来的爸爸妈妈'称不上现代'。"

我和里亚捧腹大笑,那张纸条写于一九五九年。他们当时就不现代,又怎么可能跟上二十世纪六十年代?

"还有别的,"里亚说,"你准备好了吗?"

不。对此我全无准备。我们再喝一杯吧。就在这时,与我相识的一位戏剧导演走了进来,她也住这家酒店,很快我们三人坐在一起喝酒聊天,真希望我是那种动画人物,手中的锯子钻出地板,在我椅子周围锯上一大圈。

时间流逝。

你准备好了吗?

"还有一个婴儿……在你之前……一个男孩……叫保罗。"

保罗?我圣洁而隐形的兄弟保罗?他们本能领走的那个男孩。他绝不会把玩偶淹在池塘,也不会在睡衣袋里塞满西红柿。魔鬼领我们找错了婴儿床。我们是不是回到了原点?我发现的那张出生证明实际上是保罗的?

里亚不知道保罗发生了什么事,有一张不准我看的温特森太太写的纸条,她表达了大失所望,解释说已经买好保罗的婴儿服,再买不起一套新的了。

我几乎明白过来,温特森太太期望领个男孩,因为那些衣服她浪费不起，我就可能被打扮成男孩……所以我不是以珍妮特（Janet）的身份开启人生的，也不是珍妮特（Jeanette），而是保罗。

噢不，不，不，我以为我的人生都是关乎性取向和女性主义等等等等……结果我的起点是个男孩。

别问丧钟为谁而鸣。

对于一切的这番荒诞解释极为幽默，使我对母亲和我身份的所有感受瞬间变得欢乐，而不再可怕。人生是荒谬的。混乱的疯狂的人生。我在脑中诵读安妮·塞克斯顿①的诗，她一九七五年的诗集《划向上帝的庄重航程》中的最后一首。题为"划行终结"。她与上帝同坐，而后……

> "开始吧！"他说，于是
> 我们蹲在海边岩石
> 接着——这会是真的吗——
> 打起扑克来。
> 他叫牌。
> 我赢了，因为我拿到同花大顺。

---

① Anne Sexton（1928–1974），美国著名诗人。1967 年凭诗集《生或死》获得普利策奖。

他赢了,因为他拿到五张 A。

一张万用牌已确定

我却没有听到

只因他抽牌发牌时

我满心敬畏。

当他甩出五张 A

我正得意地坐看同花大顺,

他笑了起来,

笑声如圆环从他口中滚滚而来

滚入我口中,

他笑得朝我弯下腰

为我们两人的胜利笑成一片欢声歌唱。

然后我笑了,多鱼的码头笑了

海笑了。岛笑了。

荒诞笑了。

最亲爱的庄家,

手持同花大顺的我,

如此爱你,因你的万用牌,

那难以驯服的、永恒的、发自肺腑的哈哈大笑以及幸运的爱。

以及幸运的爱。是的。始终如此。

苏茜告诉我，母亲们对男婴所做的一切都不一样，会以不同的方式对待他们、和他们讲话。她认为，如果温太太在等待领养的漫长过程中早已做好心理准备接受男孩，那么当她得到女孩时，是无法改变内心状态的。而我对所有信号都敏感，因为我正设法在经历失去后继续存活，我会设法协调被给予的与被要求的东西。

我想说，我认为身份认同或性别认同并非以这种方式确立，但它会成为我身上所发生一切的影响因素也说得通——尤其是温特森太太一定对我们两个有不少混淆。

她总是哀叹我短裤不离身——但又是谁在一开始把短裤套在我身上的呢？

这些新信息让我感到解脱，但寻找生母的事依然没有任何进展。

我很幸运，因为我有个朋友，他的大脑装载着最复杂的解谜填字游戏，而且他热爱电脑。他决心为我找出族谱，花了大量时间登入家谱网站系统搜寻线索。他把男性亲属定为目标,因为男人不会改姓。

最终他命中靶心——我的一个舅舅。他利用选民名册找到他的地址。接着他又追查到电话号码。我花了三个星期排练那通电话。我必须编个掩饰用的故事。

一个周六早上,我的心跳动得像只垂死鸟儿,我拨通电话。一个男人接了。

我说:"您好——您不认识我,不过您的姐妹和我母亲曾经非常亲近。"

嗯,这是实话,不是吗?

"哪个姐妹?"他说,"安还是琳达?"

"安。"

"噢,安啊。您刚才说您贵姓?您是想联系她吗?"

我母亲还活着。

我放下电话时的感觉糅合了欢欣与惧怕。温特森太太说了谎,我母亲没有死。但这就意味着我有个母亲。我全部的身份认同都围绕孤儿出身而建立——并且还是个独生女。而现在我有这么一群舅舅阿姨……谁知道会有多少个兄弟姐妹呢?

我决定给安写封信，寄给那位舅舅转交。

约莫一周后，我的手机上收到一则未知号码发来的信息。标题是"亲爱的女孩"。我以为是一家俄罗斯伴游公司发来的，打算删除。自从有位同事的电脑被偷，我就一直收到波罗的海美女征婚的疯狂信息。

苏茜一把抓过电话。"如果是安发来的呢？"

"肯定不是安！"我打开信息，问题在于那些波罗的海美女都用这样的话开头，"真不敢相信是你……"，这则信息也是。

"你要我打这个号码吗？"苏茜说。

要。不要。要。不要。要。不要。要。

苏茜拿着我的电话走下楼去，我做了每次自己难以承受时会做的事——径直去睡。

苏茜回到楼上，看到我在打呼。她把我摇醒："那是你母亲。"

几天后，有一封信寄来，附有一张我三周时的照片，我觉得看上去相当忧愁。苏茜说所有婴儿看上去都很忧愁，能怪我们吗？

信中她告诉我她在十六岁那年怀孕的事情——我父亲头

发乌黑发亮——她在一所未婚母子之家照顾我六周后将我送走的经过。"那太难了。而我身无分文，也无处可去。"

她对我说我从来都不是什么秘密——这样的我，经由温特森太太，以为一切都是秘密：书籍和爱人，真正的名字，真正的人生。

然后她写道："我一直是要你的。"

你明白吗，珍妮特？你一直是有人要的。

十四　奇妙相见

……我的母亲沿街奔跑着追赶我。看她，宛如天使，宛如光束，跑在婴儿车边。我举起双手想抓住她，光仍亮着，她的轮廓仍在，但她如天使、如光束一般消失了。

那是她吗，在街道尽头，越来越小，像一颗几光年之外的星星？

我一直相信，我会再见到她。

——《石神》，二〇〇七年

我与友人——电影导演比班·基德龙聊天。她执导了《橘子》的电视剧，我们相识已久。我们俩都是喜怒无常、不好相处的人——对彼此、对他人都如此——但我们都与生活达成了某种和解；不是妥协，是和解。

我们笑谈着温特森太太，她是多么凶暴与不可理喻，可是又绝对适合我这样的人，我同她一样，永远不能接受缩水的生活。她转向内部，我转向外部。

"要是没有她，你会是什么样子呢？"比班说，"我知道你无可救药，不过至少你做了些什么。想想吧，如果你就只是无可救药会怎样呢！"

是啊……我在曼彻斯特曾有一次忐忑不安的经历。那时我在曼彻斯特美术馆办了一个超现实主义女艺术家们的展览，深夜，我与赞助商们走进一家酒吧。

是那种原本用来放垃圾的地下室改造的酒吧，堆金积玉的曼彻斯特，这最初的炼金之城，将它所有的渣滓熔炼成金。如果你能往地窖里灌入蓝色灯光，在一堆铬合金长脚凳之间航行，往斑驳的墙壁上贴满成相扭曲的镜子，为一杯伏特加马提尼要价二十镑，那为何要在地窖堆放垃圾呢？

这自然是一杯非常特别的伏特加马提尼，原料是装在灰蓝色瓶子里的土豆伏特加，由一名阴柔的调酒师亲自在你眼前以优美手势调制而成。

当晚，我身穿阿玛尼细条纹西装套裙、粉红色背心、吉米·周皮鞋，还有——出于此处不能详述的原因——我做了喷雾美黑。

我突然意识到,那个夜晚我总归是会来到这家酒吧的。就算我不曾发掘书籍,就算我不曾将自己的古怪化作诗,将愤怒汇成文,就算如此,我也绝不会成为一贫如洗的无名小卒。我会用曼彻斯特的魔法将自己点石成金。

我会走进房地产业,发财致富。我会隆胸,现已嫁给第二任或第三任丈夫,住在牧场风格的别墅里,石子路上停着一辆路虎揽胜,花园里有一汪热水浴池,而我的小孩都不肯跟我讲话。

我仍会穿着阿玛尼,做了喷雾美黑,流连在众多蓝色的地下室酒吧,酣饮伏特加马提尼。

我是那种宁可走路也不愿等公交车的人。是宁可绕道而行也不愿坐困车阵的人。是认为任何问题都待由我去解决的人。我无法忍受排队——不管是为了什么排队,我都宁愿放弃——我不接受"不"作为回答。什么叫"不"?或者是你问错了问题,或者是你问错了人。得想办法找到"是"。

"你需要得到'是'的回答,"比班说,"对于你是谁的某种肯定,这也意味着确立了背景故事。我不知道这么久以来你为何仍旧如此,但你就是这样。"

我猜是因为分岔路。我一直能看到自己的生命朝着不同于原本可能的方向疾驰而去，机会与境遇、性情与欲望，将大门、途径、道路一而再再而三地开启又关闭。

然而似乎一直存在着一种必然的"我是谁"——就像在宇宙所有行星之中，蓝色行星，这颗地球，才是家园所在。

我想，在最近的这几年里我已回家。我一直设法为自己建立一个家，但我内心并无家的感觉。我努力成为自己生命的主人公，但每次查阅流民名册，我仍登记在册。我不知道如何找到归属。

有所望？有。有所属？没有。

露丝·伦德尔打电话给我。"我觉得你应该去做个了结。既然你找到母亲了，一定要去见她。你和她通过电话了吗？"

"没有。"

"为什么呢？"

"我害怕。"

"你要是不害怕才有问题！"

我信任露丝，我也（几乎）总是照她的话去做。来电盘问我不像她的作风，但她感觉到我正在逃避此事。的确如此。

我耗时一年使这一刻渐渐接近，现在却在拖延时间。

"你坐哪一班火车？"

"好吧……好吧。"

好吧。虽然下着大雪，虽然电视新闻叫我们留在家中，我还是坐上火车前往曼彻斯特。我决定在酒店过夜，第二天早上搭出租车去见安。

我喜欢那家酒店，常住在那里。父亲葬礼前夜我就下榻于此。

隔天父亲的灵柩被送进教堂时，我失控痛哭。我有三十五年没有踏进过那座教堂了，突然间一切在现时重现；古老的现时。

我起身致辞时说："我人生的憾事，不是什么判断失误，而是情感缺陷。"

我在房间里静静吃着饭时，回想起此事。

迄今人们仍有一种普遍的幻想，即使它早已被心理分析与科学推翻，也从未得到诗人与神秘主义者的认可，人们却相信可能有不带情感的思想。不可能。

我们客观的同时也是主观的。我们中立的同时，也牵连其中。在我们说"我认为"的同时，我们并没有把情绪关在门外。要一个人别情绪化,就是要他死亡。

我自身的情感缺陷,是太过痛苦时闭锁情感的结果。我记得和教子们一起看《玩具总动员3》,遭遗弃的大熊变成了游戏室的暴君,他总结自己的幸存哲学时,我哭了:"没有主人,就没有心碎。"

但我想要被人认领。

我称自己为独行侠,而非灵犬莱西①。我必须了解的是,一个人可以在独行的同时想要被认领。我们又回到生命的复杂性上,它不是非此即彼——无趣守旧的二元对立——它亦此亦彼,维持平衡。写起来如此简单。要做到或保持却十分困难。

我伤害过的人,我犯过的错,对自己与他人造成的损害,并非源自错误的判断;而是因为爱硬化成了失落。

我坐在出租车上驶离曼彻斯特。我带了花。我带了地址。我感觉很糟。苏茜打来电话。"你在哪儿?"不知道,苏茜。"你上车多久了?"大约五十年。

---

①儿童读本《灵犬莱西》的主人公,故事讲述一条与人一样聪明的牧羊犬莱西充满传奇色彩的归家之旅。

曼彻斯特各处，不是金碧辉煌，就是破瓦颓垣。仓库和居民楼早已变成酒店、酒吧和高级公寓。曼彻斯特市中心嘈杂而闪亮，骄傲而成功，夸示着财富，一如它成为英格兰引擎以来一直的模样。

再往外行驶，曼彻斯特的命运变迁显而易见。鳞次栉比的连栋屋已拆除，取而代之的是高楼大厦、独栋别墅、购物中心和电子游乐场。印度人的付现自运批发商店似乎尚可营生，但大多小店都关门停业，消逝于迅疾、冷酷的路上。

时而会出现一栋荒凉孤立的四方石楼，挂着技工学院或合作社的招牌。或是一座高架桥，一片白桦林，一面黑漆漆的石墙；遗迹中的遗迹。一间轮胎仓库，一家大超市，一块小型出租车招牌，一处投注站，从不知晓还有其他生活的踩着滑板的孩子。一脸茫然的老人。我们是如何走到这一步的？

我感到愤怒，如同回到二十英里外的故乡时的那种愤怒。是谁出资破坏城市，为何要这么做？为何正派体面的人不能有舒适像样的居住环境？为何非得变成柏油路和金属栏杆，丑陋的住宅区和商业区？

我爱工业化的英格兰北部，我也恨这里遭遇的事。

我知道自己只是用这些想法分散注意力。出租车正减速。

好了,珍妮特·温特森。我们到了。

我下了车,感到束缚、绝望、极度害怕,恶心难受。苏茜常对我说,无论有多困难,也要置身于感受中,不要把感受推开。

我涌起一股歇斯底里的冲动,想唱《要喜乐,上帝的圣徒》。但是不行,那是另一段童年、另一个母亲。

不及我敲门,门就打开了。门后是一个男人,相貌与我相仿。我知道自己有个同母异父的弟弟,一定就是他了。"加里?"我说。"你好,姐姐。"加里答道。

此时厨房传来一阵慌乱的声响,两条小狗像毛茸茸的溜溜球上蹦下跳地跑出来,离开晾衣绳的缠绕——零下的气温洗衣,展现了真正的乐观——走来的,是我母亲。

她身子娇小,双眼明亮,笑容开朗。

见到她我非常开心。"我以为在你来之前能把衣服洗完。"这是她讲的第一句话。

换了是我也会这么说。

安对我的生活有所了解。我寄给她《橘子》的DVD,差不多是说"这是你不在的时候发生的事"。她为温特森的世界感到忧伤,我另一个母亲浮夸的疯狂也令她难过。"对不起,我离开了你。我不想那么做,你知道的,对吗?我没钱,也没地方可去,皮埃尔不想养别的男人的孩子。"

我料想到了……但我什么也没说,因为对加里而言,刚见面的同母异父的姐姐一进门就痛斥他已故的爸爸,这未免不公。

我不想让她难过。"我不在意。"我说。

后来,我对苏茜复述这句话时,她笑得停不下来,她确定这是世上最不恰当的回答。"我不在意?就把我放在台阶上等福音营的面包车经过。我不在意!"

可是,这是真的……我不在意。我一点也不怪她。我认为她做了她唯一能做的事。我是她抛出船外的瓶中信。

我也知道,真的知道,温太太也给了我她能给的——那是一份黑暗的礼物,但并非毫无用处。

我母亲坦率而和善。这令我有些意外。女性家长应该心思错综复杂、充满仇恨才对。我一直担心该怎样介绍我的女友,因为安问我有没有丈夫和小孩。但女友的事必须表明。

"你的意思是,你不和男的交往?"她说。

我想我就是这个意思。

"我觉得这没有问题啊。"安说。

"我也觉得。"加里说。

等等……事情不该是这样……事情应该如此：

我决心告诉温特森太太我恋爱了。我已经不在家住,但我希望她理解我的感受。我即将前往牛津,距离谈到"快乐还是正常"也过了一段时日。我是这么认为的,但我逐渐了解到时间并不可靠。"给它一点时间""时间能治愈一切"之类的老话还取决于那是谁的时间。温特森太太活在末世,通常的时间对她没多大意义。她仍在为错误的婴儿床愤愤不平。

她正用巴素擦铜水擦拭煤斗。她已经擦亮了壁炉台上的飞鸭和鳄鱼胡桃夹子。我不知该怎么开场,只是张开嘴巴,我说:"我觉得我注定会爱上女人,就像现在这样……"

霎时间,她大腿静脉曲张的血管爆裂开了。血液如喷泉一般喷涌直上,冲到天花板,绛红水花飞溅。我抓起擦铜布,试图止血……"对不起。我不想要你难过的……"这时她腿上的血管又爆开了。

现在她躺在椅子上,一条腿架在擦到一半的煤斗上。她望着天花板,一言不发。

"妈……你没事吧？"

"我们才刚粉刷过天花板。"

假如她说的是:"噢,我和你爸觉得这没有问题。"我的人生会怎样?

假如我跟着安,我的人生会怎样?我会交女友吗?假如我无须为女友抗争、为自己抗争,又会怎样?我并不笃信同性恋基因。或许我会结婚生子,没事还去做喷雾美黑之类的。

我一定是想着这些事沉默下来了。

安说道:"温特森太太是不是潜在的同性恋?"

我被茶水呛到。这就像"焚烧古兰经日①"。有些事情是连想都不能想的。但这种可怕的想法已经被说出口,我不能不为之震慑。我很确定,她不是任何一种潜在的人——她的某些倾向要是能潜藏起来,也许还会好一点。考虑到抽屉里的左轮手枪,我猜她没准是个潜在的杀人犯,如此等等,但我认为这些全都是表面现象,是无望破解的乱码。她是她自己的恩尼格玛密码,而我和爸爸不是布莱切利园②。

"我只是在想,"安说,"她说'绝对不要让男孩碰你下面'

---

① 2010年7月,美国佛罗里达州牧师特里·琼斯宣称将在"九一一事件"九周年纪念日焚烧200本《古兰经》,并称之为"国际焚烧古兰经日"。
② 恩尼格玛是德国人亚瑟·斯雪比尤斯发明的密码机,"二战"时德国军队使用该仪器加密文件。布莱切利园,是一座位于英格兰米尔顿凯恩斯布莱切利镇的宅第。"二战"期间,这里是英国政府组织专家解读密码的主要场所,轴心国的密码文件通常被送往这里进行解码。

是为什么。"

"她不希望我怀孕。"天啊,不该这么说。不过温特森太太坚决反对以前所谓的不法生子,对于让我有机会出生、让她有机会领养我的那个女人,温特森太太唯有蔑视。

"我结过四次婚。"安说。

"四次?"

她笑了。她不评断自己,也不评断他人。生活就是它本来的样子。

我父亲,那个来自曼彻斯特的矮小矿工,并不是四任丈夫之一。

"你遗传了他的身材,窄臀,我们都是宽臀,你也遗传了他的头发。他皮肤很黑。非常英俊。他是个小阿飞。"

我得琢磨一下。我生母结过四次婚。我另一个母亲可能是潜在的同性恋。我父亲是个阿飞。有好多事儿要消化。

"我是喜欢男人,但不依赖他们。我能自己做电工、水泥活,还能自己组装架子。我谁也不依赖,都自个儿来。"

是啊,我们很相像。乐观,自立。对自己身体的自在感。我以前常好奇,为什么我一直对自己的身体感到自在,喜欢自己的身体。我看着她,这似乎是一种遗传。

加里身形健美矮壮。他爱好散步。周六下午走上十四英里对他来说不在话下。他也打拳击。他们以自己的样子以及自己能做的事，维持着工人阶级的自尊。他们喜欢彼此。我看着。他们交谈。我听着。一切原本会是这样吗？

但安必须常年工作，因为儿子们还小的时候，皮埃尔离开了她。我想我原本得照顾弟弟们。我会怨恨此事的。

我想起她写在送养表格上的话。"有父有母对珍妮特更好。"

可她的儿子们在家里并不是一直有父亲。她也是。她自己的父亲二十世纪五十年代就过世了。

"我们有十个兄弟姐妹，"安说，"两间卧室哪里塞得下？我们付不起房租的时候就偷偷搬走。我爸有一辆手推车，他会回来喊，'收拾东西，咱们走。'然后我们坐上手推车，重新开始。那年头可以租到很多便宜的地方。"

我的外祖母生了十个孩子，两个在襁褓中夭折，四个仍健在。她工作了一辈子，放工以后是舞厅里的舞魁。

"她活到九十七岁。"安说。

我走去卫生间。我有生以来一直是孤儿和独生女。如今，我来自一个热闹的大家庭，家人上舞厅跳舞，长命百岁。

安的幺妹琳达来了。从辈份上来说是我阿姨，但她与我女友同年，到了人生这个阶段还在搜集阿姨，着实可笑。

"大家都想见见你。"琳达说,"我在电视上看过《橘子》,但不知道那是你。我女儿订了你所有的书。"

这表示了亲近。我们都得做些心理调整。

我喜欢琳达,她住在西班牙,经营女性团体,教授舞蹈,还做些别的事。"我是安静的那一个,"她说,"一大家子团聚的时候,你都插不上话。"

"我们应该办个聚会。"安说。随后她说:"每天早上我醒来,都问自己,'我为什么在这儿?'"这生硬的转折几乎是温太太的风格。

她的意思不是"噢不,我竟还在这儿"——这句话并不太像温太太。她是真的想知道问题的答案。

"一定有某种意义,只是我们不知道,"加里说,"我一直在看关于宇宙的书。"

琳达在读《西藏生死书》,她推荐加里也读。

这是以前的曼彻斯特工人阶级的生活方式:思考,阅读,探究。我们可以回到技工学院,回到工人公开讲座,回到公共图书馆阅览室。我为他们、为我、为我们的过去以及我们的传统感到自豪。我还感到很遗憾。我不应是唯一一个受过良好教育的人。这间屋子里的每个人都天资聪颖,都在思考着宏大问题。该把这些告诉只重实用的教育家们。

我也不知道我们为什么在这里,但无论答案是什么,我支持一八四四年的恩格斯。我们在这里,并不是为了被"仅仅看作有用的东西"。

他们都很容易沟通。五个小时实在是很快就过去了。我得走了。我得去伦敦。苏茜会去接我。我起身道别。双腿虚弱,精疲力竭。

安拥抱我。"我曾想你会不会哪天试着找我。我希望你会。我想要找到你,但那样做好像不对。"

我无力说出心中想说的话。我无法清楚地思考。我坐出租车回到车站,一路恍惚。我给自己和苏茜带了些吃的,她工作了一整天,我还给自己拿了半瓶红酒。我试着打电话给苏茜,但说不出话来。"看报纸。冷静。你受到了冲击。"

有一则安传来的短信:"希望你没有失望。"

十五　伤口

我母亲必须切割自己的一部分，让我离去。此后，我一直感觉得到那道伤口。

温特森太太是如此亦真亦假。她为我编造出许多个坏母亲：堕落妇女、瘾君子、酒鬼、投怀送抱的女人。另一个母亲需要背负这许多，但我替她背下，既想为她辩护，同时又为她感到羞愧。

最大的难处是不知就里。

我一直对伪装与误认身份、命名与知晓真相的故事很感兴趣。你如何被认出？你如何认识自己？

在《奥德赛》中，奥德修斯历经种种劫难与漫长的漂流，始终被激励着"记得归去"。他的旅程是回家的路。

当他回到伊萨卡时，追求纠缠他妻子的人正嚣张地在他的王宫里吵吵闹闹。然后发生了两件事：他的狗闻出了他的气味，他的妻子通过他腿上的伤疤认出了他。

她感觉得到那道伤口。

有太多关于伤口的故事：

半人半马的肯陶洛斯族的喀戎，被一支浸泡了九头蛇海德拉血液的毒箭射中，因他是不死之身，所以必将痛苦永生。但他用伤口的疼痛治愈他人。伤口成了它自身的良药。

普罗米修斯，向天神盗火，被施以伤口日日重生的惩罚：每天早上一只鸷鹰栖息于他的髋部，啄食他的肝脏；每天夜晚伤口愈合，只为在翌日再次被划开。我想起他，被锁链缚在高加索山，被太阳晒得黝黑，他腹部的皮肤却如孩童般柔软苍白。

多疑的门徒多马，非得将手探入耶稣肋旁的钉伤，才接受那一位就是他自己所宣称的耶稣。

格列佛，航行将尽，离开慧骃国之际，被一支箭射伤膝窝——慧骃是高贵智慧的马，远远优于人类。

回家后，格列佛宁愿住在他的马厩，膝窝的伤口再未愈合。它提醒着他另一种生活。

最神秘的伤口之一出现在渔王的故事里。渔王是圣杯的守护者，靠圣杯维持希望，他有一道不愈的伤口，伤不好，国土便不能统一。最终，加拉哈德到来并治好了国王。在别的版本中来的是柏士浮。

伤口是象征，无法被简化为任何单一的解释。但受伤似乎是生而为人的线索或关键。其中有价值，也有痛苦。

我们在故事中留意到的是，伤口近似一种礼物：受伤的人被伤口标识出来——在字面意义上，也在象征意义上。伤口是与众不同的标志。连哈利·波特都有伤疤。

弗洛伊德强占了俄狄浦斯神话，将其重新定义为儿子弑父恋母的故事。但俄狄浦斯是领养的故事，也是伤口的故事。俄狄浦斯的母亲伊俄卡斯忒在遗弃他之前，将他双脚脚踝刺穿，令他无法爬走。他得救后，回去杀父娶母，无人认出他，除了盲人先知提瑞西阿斯——一种伤认出另一种伤。

你无法否认属于你的东西。远远丢弃，总有回归，清算，复仇，或和解。

总有回归。伤口会带你去那里。因为留下了血的踪迹。

出租车在屋外停下时，开始下雪了。我发疯那阵子曾梦见自己脸朝下趴在冰层上，在我底下，手对着手，口对着口，有另一个我，冰封的我。

我想要打破冰层，可那样会不会刺伤自己？

站在雪中的我，可能正站在由过去而来的踪迹上的任何一点。我注定要来到这里。

分娩本身就是伤口。女性每月流的血曾具有神奇的意义。婴儿闯入世界，撕裂母体，而孩子幼小的头骨得以保持柔软和脆弱。孩子是愈合，也是割裂。是失去与寻回的地方。

下雪了。我在这里。失去又寻回。

而今，像个陌生人一般站在我面前的，我想我认出它了，是爱。回归，或者说归途，定义了"逝去的失落"。我无法击碎将我与自己隔离的冰层，只能让它融化，这意味着失去一切坚固的立足点，一切脚踏实地的感觉。这意味着与近乎全然的疯狂毫无章法地合而为一。

自有伤口以来，我一生都在努力。要治愈它，代表着结束一种身份——定义我的身份。但愈合的伤口并非消失的伤口。永远会有伤疤。我会借着伤疤得到辨认。

我母亲也是如此，这也是她的伤口，她不得不围绕着一个无奈的选择塑造人生。如今，从今以后，我们要如何认识彼此？我们是母女吗？我们是什么关系？

温特森太太光荣负伤,像一个为耶稣挖目流血的中世纪殉道者,拖着她的十字架给世人看见。受难是生命的意义。如果有人问:"我们为什么在这儿?"她会回答:"为了受难。"

毕竟,在末世,这地球上生命的存在只是过渡,只能是接连不断的失去。

我另一个母亲失去了我,我也失去了她,我们的另一种人生像海滩上的贝壳,保留着大海的回声。

那么那个人是谁,多年前她走进花园,令温特森太太陷入愤怒与痛苦,使我从过道飞奔出来,又被击退回到另一种人生,她是谁?

那或许是保罗的母亲,圣洁而隐形的保罗。也许那是我想象出来的场面。但我感觉不是这样。无论发生了什么,那个暴烈的下午都与我发现的那张出生证明紧密相关,结果那证明也不是我的。那个下午还与我多年后打开的那个箱子有关联——它自己的某种命运——我在里面找到那些文件,对我吐露我有另一个名字,被划去的名字。

我已学会阅读字里行间的意义。我已学会观看画面背后的意义。

回到在温特森世界的日子,我们在墙上挂着一组维多利亚时代的水彩画。温太太从她母亲那里继承了这组画,想不拘小节地展示在家里。但她坚决反对"偶像"(见《出埃及记》《利未记》《申命记》等),于是化圆为方,将画正反颠倒后悬挂。我们只能看见牛皮纸、胶带、钢钉、水渍和挂绳。这是温特森太太版本的生活。

"在你寄来东西之前,"安说,"我在图书馆订了你的书。我还对管理员说,'这是我女儿。'她说,'什么?给你女儿的书?''不是!珍妮特·温特森是我女儿。'我觉得很骄傲。"

一九八五年,电话亭。温特森太太裹着头巾,怒气冲冲。
　　话筒传来嘟嘟声……投入硬币……我心想:"你为什么不为我感到骄傲?"
　　话筒传来嘟嘟声……投入硬币……"这是我头一次不得不用假名字订购一本书。"

快乐的结局只是一个停顿。大结局有三种：复仇、悲剧、宽恕。复仇与悲剧常相伴而生。宽恕会弥补过去。宽恕会疏通未来。

母亲尽力将我抛离她自身的难船，而我在一个她无从想到的地方登陆。

我到了那里，离开她的身体，离开我唯一知道的事物，一次又一次重复别离，直到我试图离开自己的身体，那是我所能做的最终的逃离。但是有宽恕在。

我在这里。

不再离开。

到家了。

尾声

开始写这本书的时候,我完全不知道会写成什么样。我在现实的时间中写作。书写过去,发现未来。

我不知道找到生母我会有何感受。我依然不知道。我只知道电视剧风格的团圆和幸福的粉色烟雾都不对。围绕领养展开的故事,我们需要更好的。

许多找到原生家庭的人很失望。许多人后悔。还有许多人不去寻找,因为对可能面对的结果感到害怕。他们害怕自己可能产生的感觉——或者更糟,他们害怕自己可能不会产生的感觉。

我与安再次见面是在曼彻斯特,只有我们两人共进午餐。我很高兴见到她。她和我一样快步走路。她像小狗那样四处张望，活泼，机敏，也警觉。我也一样。

她又告诉我一些关于我父亲的事。他曾想留下我。她说："我不让他留下你。我们很穷，不过我们还是在家里铺了地板的。"

我喜欢她的话，听得笑了起来。

然后她对我说，她以前在附近一家工厂上班。工厂名叫拉弗尔斯，犹太人开的，负责为马莎百货制造大衣和工作服。"那年头全是英国制造，还很看重质量。"

她说，所有人不管贫富，不管家里有没有地板，衣服都是量身定做的，因为裁缝店太多了，料子也便宜。曼彻斯特当时仍是布料之王。

她的老板拉弗尔斯老先生帮她找了那所未婚母子之家，承诺她回来后仍给她活儿干。

我觉得这个故事很妙，因为我和犹太人相处一直很自在，我也有很多犹太朋友。

"我带你去了曼彻斯特，抱你到处看，你三周大时拍了照片，就是我寄给你的那张。"

没错，那个脸上写着"噢不，别这么做"的婴儿。

我不记得，但事实上，我们记得每一件事。

有许多事安都不记得了。失忆是应对伤害的一种方式。

而我，我的应对方式是睡觉。如果我心情不好，几秒就能睡着。我一定是自学了这一招，作为应付温特森太太的生存策略。我记得自己在门阶上睡，在煤库里也睡。安说她从来都不是很能睡。

午餐结束时，我已做好准备离开，不然我会就地睡着，倒在桌子上。并非因为无聊。一上火车我就睡着了。所以还有很多正在发生的事情，我尚未理解。

我想安会觉得我很难懂吧。

我想，她希望我让她当我的母亲，希望我和她经常联系。但无论领养是什么，它都不是速成一个家庭——跟养父母做不到，跟找回的生父母同样做不到。

就像在狄更斯的那些小说里一样，我长大成人，而真正的家人是假装的；那些人通过深厚的情感纽带和长长的时间成为你的家人。

我们分别时，她仔仔细细地看我。

我觉得温暖，却也在警惕。

是什么让我警惕？我又在警惕什么呢？我不知道。

我们的人生之间有一道鸿沟。她为温特森的世界难过。她责怪自己,责怪温特森太太。然而我宁愿是这个我——我现在所成为的我——而不是可能会成为的那个我,没有书读、没受教育、没有经历一路上所有的事,包括温太太。我觉得我是幸运的。

该如何表达,才不会显得我是在拒绝或者说轻看她的价值?

我不知道我对她感觉如何。感受不明确时,我会恐慌。这就像凝视一个泥潭,比起等待生态系统去净水,我情愿抽干水潭。

这不是头脑与心灵的分裂,或者思想与感觉的分裂。这是情感的矩阵。我可以游刃有余地兼顾不同的、对立的观念与现实。但我厌恶同时感受一种以上的事物。

领养就是许多事情同时在发生。它至关重要,也微不足道。安是我的母亲。她也是我完全不认识的人。

我试图避免可悲的二元论"这对我意义重大/这对我毫无意义"。我想要尊重自身的复杂性。先前我必须了解自己初始的故事,而今必须接受它也只是故事的一个版本。它是个真实的故事,但它仍然只是版本之一。

我知道安和琳达想将我纳入她们的家庭，这是她们的慷慨。我不想被纳入，这也不是我铁石心肠。知道安还活着，我十分高兴，想到她有家人环绕，我也欣慰。但我不想参与其中。这不是我内心重要的事。而且我感觉不到血缘联系。我感觉不到"呀，这是我母亲"。

我读过不少情绪泛滥的描述团圆的文字。无一是我的体会。我只能说，我很开心——就是这个词——我母亲安然无恙。

我无法成为她想要的女儿。

我也未能成为温特森太太想要的女儿。

我那些并非经过收养的朋友要我别担心，他们也感觉不到自己是"对的"孩子。

我对先天自然与后天养育的问题很感兴趣。我发现自己不喜欢安批评温特森太太。温太太是个怪物，但她是我的怪物。

安来到伦敦。这是个错误。这是我们第三次见面，我们大吵了一场。我对她吼道："至少那时候温特森太太人在。你在哪儿？"

我不怪她，我很高兴她做了当时所做的选择。而我显然也为此暴怒。

我必须把事情放到一起,同时感受两者或全部。

安年轻时没有得到多少爱。"妈没有时间温柔。她让我们吃饱穿暖就是爱我们了。"

安在母亲耄耋之年,鼓起勇气问了这个问题:"妈,你爱我吗?"母亲答得明确,"爱。我爱你。以后别再问我了。"

爱。这个艰涩的字。一切起始的地方,我们必然归来的地方。爱。爱的匮乏。爱的可能。

我不知道接下来会发生什么。

图书在版编目（CIP）数据

我要快乐，不必正常／（英）珍妮特·温特森著；
冯倩珠译．——北京：北京联合出版公司，2018.5（2025.7重印）
ISBN 978-7-5596-1498-8

Ⅰ．①我… Ⅱ．①珍… ②冯… Ⅲ．①长篇小说-英
国-现代 Ⅳ．① I561.45

中国版本图书馆 CIP 数据核字（2018）第 005380 号

著作权合同登记 图字：01-2017-6758号
For the Work entitled WHY BE HAPPY WHEN YOU COULD BE NORMAL
Copyright © Jeanette Winterson 2011
Translation copyright © 2018, by Thinkingdom Media Group Ltd

我要快乐，不必正常
作　　者：[英]珍妮特·温特森 著
　　　　　冯倩珠 译
责任编辑：徐　鹏
特邀编辑：王　丹　陈　蒙
营销编辑：柳艳娇　王蓓蓓
封面设计：韩　笑
版式设计：杨兴艳

北京联合出版公司出版
（北京市西城区德外大街83号楼9层　100088）
新经典发行有限公司发行
电话（010）68423599　　邮箱 editor@readinglife.com
河北鹏润印刷有限公司印刷　新华书店经销
字数139千字　850毫米×1168毫米　1/32　8.75印张
2018年5月第1版　2025年7月第20次印刷
ISBN 978-7-5596-1498-8
定价：49.00元

版权所有，侵权必究
未经书面许可，不得以任何方式转载、复制、翻印本书部分或全部内容。
本书若有质量问题，请与本公司图书销售中心联系调换。电话：010-68423599